ビギナーズ・クラシックス 日本の古典

住吉物語

吉海直人＝編

角川文庫
23637

◆はじめに◆

みなさん、童話「シンデレラ」は幼い時に読んだことがありますか。継母とその娘たちに苛められるかわいそうなシンデレラが、舞踏会で王子様に見初められ、その後、結婚して幸せになるというストーリーです（「シンデレラ・ストーリー」の原点です）。お話に登場するカボチャの馬車とガラスの靴も印象的です。

その「シンデレラ」は、フランスのシャルル・ペローがまとめた『ペロー童話集』に掲載されている「サンドリヨン、あるいは小さなガラスの靴」か、ドイツのグリム兄弟がまとめた『グリム童話』に載っている「灰かぶり姫」が原典となっています。

二つの作品の違いは、魔法使いの有無にあるようです。『ペロー童話集』では、魔法使いが願い事をかなえてくれますが、『グリム童話』には魔法使いは登場せず、母の墓のそばに植えたハシバミの木が霊力を発揮します。こちらの方がより継子苛めのお話とするのにふさわしいようです。

さて、このような「シンデレラ・ストーリー」は、世界中に分布していることが知られています。それは一つの原典が世界中に広がったというのではなく、世界中で同じような話が語られているからです。というのも、継子苛めは先妻後妻あるいは一夫多妻の家族において、いつでもどこでも起こりうることだからです。世界中で継母に苛められた継子がいるからこそ、「シンデレラ・ストーリー」が要請され、愛読されてきたわけです（山室静『世界のシンデレラ物語』新潮選書参照）。

「サンドリヨン」は、ディズニーで映画化され、「シンデレラ」として大ヒットしました。みなさんの記憶にあるのは、おそらく映画か、映画をもとにした絵本ではないでしょうか。この「シンデレラ」によく似た話が、いやもっと長編でストーリー性に富んだ作品が、日本では古く平安時代に書かれていたことはご存じでしょうか。それが『住吉物語』であり『落窪物語』です。

この二つは十世紀に書かれた、非常に古い継子苛めの物語です。というのも、『落窪物語』のことは清少納言の『枕草子』に引用されているし、『住吉物語』については紫式部の『源氏物語』に引用されているからです。これだけしっかりした作品がすでに十世紀に成立しているのですから、日本の古典はもっと堂々と世界に誇っていいと思っています。

では『住吉物語』と『落窪物語』はどちらが先にできたのでしょうか。これについては資料が不足しているので、決定的なことはいえません。ただ文体などから、『落窪物語』は男性作家の手になる作品のようです。それに対して『住吉物語』は女性作家の手になるとされています。また『落窪物語』は苛められた分だけ後で仕返し（復讐）しているのに対して、『住吉物語』には目立った復讐が行われていないという違いもあります。

ところで継子苛めの物語の特徴は、母親の死（不在）によって継母と同居するところにあります。その継母にも娘がいるのですが、継子（ヒロイン）の方が美人で、教養にも才能にも恵まれています。だからこそ自分の娘がかわいい継母は気に入らないのです。

こういった継子苛めは、実母が亡くなって継母に引き取られるところから始まります。それが物語の前半です。それに対して弱者である継子にはなすすべもありません。かろうじて亡くなった実母の霊が姫君を守護してくれるくらいです。そこに救済者として登場するのが男君（王子様）です。その男君に見初められ結婚することで、継母の苛めからようやく脱却できるのです。ここからは継子の姫君を苛めた継母が、男君から報復を受けることになります。特に『落窪物語』は、そこが物語の見せ場になっています。

それに対して『住吉物語』は、後半まで男君と結ばれないので、男君からの救済はすぐには望めません。そこで登場するのが、故母宮の乳母（住吉の尼君）でした。この当時、乳母は養君のために無条件で尽くす存在とされていたのでしょう。こうして姫君と侍従は、継母の迫害から逃れて住吉に移住しました。ここからタイトルが『住吉物語』となったのです。『落窪物語』は落ち窪んだところに住まされたことから、『住吉物語』は姫君が住吉に住んだことからの命名なのです。一方の男君は懸命に姫君の行方を探します。ようやく長谷観音の霊夢を受けて住吉に下向し、そこで琴の音に導かれて姫君を発見・再会します。こうして物語はハッピーエンドの結末へと向かうのです。

導入はこれくらいにして、実際に本文を読んでみましょう。『住吉物語』は単純なストーリー展開ですから、『源氏物語』よりもずっとわかりやすく読みやすく、しかも面白いですよ。

なお、『落窪物語』の内容が気になる人には、田辺聖子の『舞え舞え蝸牛——新・落窪物語』(文春文庫)をお薦めします。これは『落窪物語』の現代語訳を超えており、田辺聖子の小説としても傑作です。

◆目　次◆

【登場人物系図】

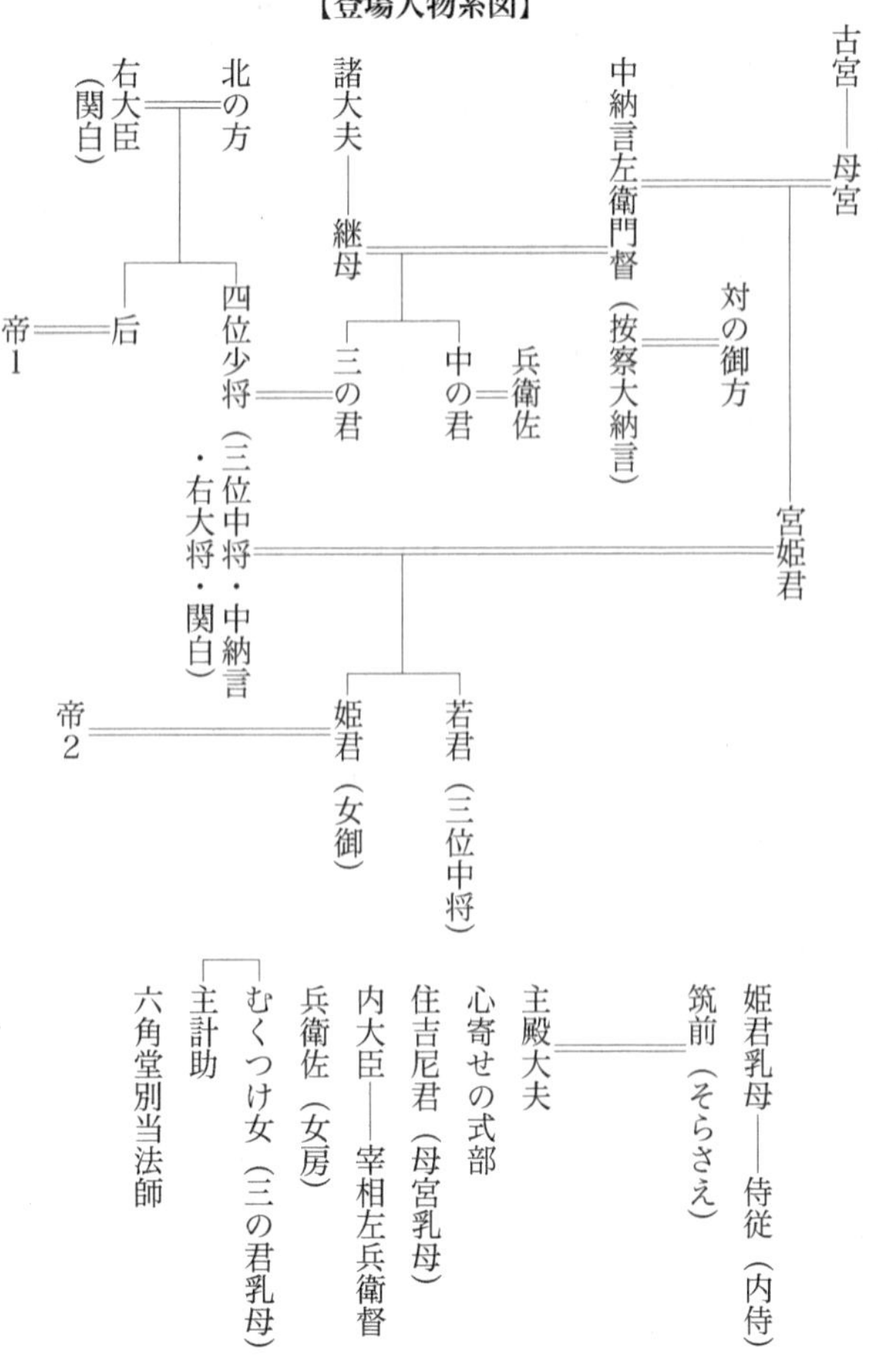

古宮――母宮
中納言左衛門督（按察大納言）
対の御方
宮姫君
諸大夫――継母
中の君
兵衛佐
三の君
右大臣（関白）
北の方
四位少将（三位中将・中納言・右大将・関白）
后
帝1
若君（三位中将）
姫君（女御）
帝2
姫君乳母――侍従（内侍）
筑前（そらさえ）
主殿大夫
心寄せの式部
住吉尼君（母宮乳母）
内大臣――宰相左兵衛督
兵衛佐（女房）
むくつけ女（三の君乳母）
主計助
六角堂別当法師

凡例

一、『住吉物語』の底本は、影月堂文庫（吉海）所蔵『住吉物語』（近世中後期写本）を用いた。ただし底本の明らかな誤脱箇所等は、同系統本（古活字十行本）等をもって校訂したり、私に改訂していることをお断りしておきたい。

二、本文の作成にあたっては、便宜的に次のように処置した。

1　本文を私に五六章に分け、章ごとに見出しを付け、目次に一括して掲げた。

2　各章毎に適宜段落分けし、本文には句読点及び清濁を施した。漢字には適宜ルビを施した。

3　読みやすさを考慮して、会話の部分には「」を、心内の部分には『』を付けた。

4　和歌は二字下げとし、末尾に通し番号を施した。

5　仮名遣いに関しては、原則として歴史的仮名遣いに統一した。

三、本文の前に現代語訳をあげた。また本文の後に私なりの読みを含んだ解説文を載せた。本文通読の参考になるように心掛け、簡潔を旨とした。重要と思われるものについては〈コラム〉として適宜載せた。

四、本文の前に、登場人物系図とあらすじを載せた。

五、本文の後に簡単な解説を付した。

◆あらすじ◆

昔、左衛門督を兼ねた中納言には二人の妻がいて、その間に三人の娘がいた。宮腹の娘腹は大君（住吉姫君）であり、諸大夫の娘腹は中の君・三の君である。

姫君八歳の時に母宮が亡くなり、乳母に育てられていた。十歳を過ぎた姫君は父中納言（継母と同居）の邸に引き取られ、異母姉妹の中の君・三の君と一緒に暮らすことになった。そこへ男主人公（四位少将）が登場し、侍女の筑前を仲介として姫君にたびたび求婚するが、姫君は取り合わない。少将の求婚を知った継母は、筑前とはかって少将を我が娘三の君と結婚させる。

ある秋の夜、聞こえてきた琴の音と三の君の何心ない発言によって真相を知った少将は、それでも姫君をあきらめきれず、侍従（姫君の乳母子）を通して思いを打ち明け、再び恋歌を贈る。正月に行われた嵯峨野の逍遥において、姫君の美しい姿を垣間見た少将の恋心はますますつのっていった。その後、乳母（侍従の母）の死を経て、侍従は次第に少将に好意的になり、姫君も少将に歌を返すようになる。

一方、姫君に入内話や結婚話が持ち上がると、そのたびに継母による妨害が行われ、ついにはむくつけ女（三の君の乳母）の兄である主計助と無理やり結婚させられそうになる。継母側の女房心寄せの式部の通報によってそれを知った姫君は、難を逃れるために侍従とともに住吉へ失踪し、住吉の尼君（母宮の乳母）の家へ身を寄せる。

姫君の失踪を知った男君は必死で行方を探し求めるが、なかなかどこにいるのかわからない。三位中将に昇進した男君は、長谷観音の霊夢によって住吉へ下向する。琴の音の導きによってようやく姫君と再会し、ついに契りを結ぶことができた。その後二人は一緒に都へ上り、姫君は二人の子供をもうける。その間に男君は大将に昇進し、姫君の父も大納言に昇進するが、失踪した姫君のことを今でも案じ続けていた。

男君は子供達の袴着の折に腰結の役として大納言を邸に招く。そこで姫君は小袿の謎を出し、それを解いた父と劇的に再会することになる。男君は関白となり、姫君の一家はいよいよ繁栄する。若君は三位中将・娘は女御となり、侍従も内侍に出世する。反対に悪事が露見した継母は、大納言から離縁され、人々には疎まれたので、むくつけ女とともに没落してついに世を去った。

◆一　姫君誕生

むかし、中納言で左衛門督を兼ねていた人がいらっしゃった。その人は妻を二人お持ちになっていた。一人は裕福な大夫の娘といわれる人で、この人の産んだ娘が二人いらっしゃる。もう一人は古い宮腹の娘で、なにかにつけて並みひととおりでないお方だった。どのような前世の縁があったのか、この中納言がこっそりお通いになった。すぐに人目もはばからず堂々とお通いになるうちに、光り輝くような美しいお姫様がお生まれになった。「姫宮」などと申し上げ、期待通りに育ったので、中納言は姫宮をこの上なく大事にお育てになられたのだった。

❖むかし、中納言にて左衛門のかみかけたまふ人おはしけり。妻二人定め給ふ。一人は時めく諸大夫の御むすめとも聞こゆる、この御腹に姫君二人おはします。

今一人は古き宮腹の御むすめにて、萬になべてならぬ人にてぞおはしける。いかなる宿縁にてか、この中納言通ひ給ふ。やがて人目もつつまぬ事になりて通ひ給ふほどに、光るほどの姫君出来給ひけり。姫宮などと聞こえ、思ひのままなれば、たぐひなくおぼしめしかしづき給ふ事限りなし。

○時めく―継母の父親は成り上がり・成金の大夫（五位）であった。中納言もその経済力をあてにして結婚したのであろう。「時めく」「時めかす」は『うつほ物語』以降に用例が認められる。男性の例と女性の例がある。『源氏物語』桐壺巻の「いとやんごとなききはにはあらぬがすぐれて時めきたまふありけり」は女性の例だが、もともと上流階級の藤壺や弘徽殿には用いられない。

○宿縁―これは正式な結婚ではないことの朧化表現。『源氏物語』における兵部卿宮と按察使大納言の娘（紫の上の母）の結婚と類似する。「いかなる人のしわざにか、兵部卿宮なむ忍びて語らひつきたまへり」（若紫巻）。

○光るほどの―姫君の絶対的な美しさを象徴した慣用表現。この美的形容は姫君の娘にも継承される。「なほ光るほどの姫御前をまうけける」（『文正さうし』）。

✲冒頭の「昔」は、平安時代の物語に見られる語り出しのパターンである。最初に紹介されている中納言兼左衛門督は、ヒロイン住吉の姫君の父親のこと。しかしこの人がどんな人なのか、物語では何も語られていない。

最終的に中納言は大納言に昇格しているが、大臣家（摂関家）の出自（家柄）ではなさそうだ。その中納言には妻が二人いた（当時は一夫多妻である）。「諸大夫の娘」というのが継母である。その諸大夫は「時めく」人とされている。これは権勢というより、経済的に裕福な受領階級であろう。中納言もその富を当てにして結婚しているのかもしれない。もう一人の「古き宮腹の娘」が住吉の姫君の母親（実母）になる。親が帝なのか親王なのか、諸本によって設定が異なっている。いずれにしても母親は皇族の血を引いていることに間違いはない。物語では、この皇族の血筋こそ主人公性をあらわすものであった。

また「光るほどの」にしても、美しさだけでなくそこにヒロイン性も内包されている。ここまでは平和な誕生のように見えるが、その実、二人妻の勝負は見えているし、善玉・悪玉もはっきりしている。

書かれている順序からすると、諸大夫の娘の方が先に結婚しており、宮腹の娘は後から結婚したように読める。ところが娘の順番は、宮腹の方が「大君」（長女）で、諸大夫腹の方が「中の君・三の君」となっている。継母にはなかなか子供が生まれなかったのであろう（男の子は生まれなかったらしい）。それが継母の嫉妬の原因でもあった。

★1 「妻」について

「妻」という漢字は「つま」とも「め」とも読める。「つま」は『伊勢物語』の歌などに用例があり、和歌に用いられる表現（歌語）であった。実は「妻」にはいろいろな言い方（別称）があり、そのため諸本によって呼称に変化が見られる。たとえば「北の方」（成田本）、「上」（藤井本）、「御前」（刈谷本）、「女房」（正慶本）などである。このうち「御前」は武士階級の妻に用いるものであり、「女房」も中世以降、特に近世以降に使われるようになった呼称である。こういった呼称の相違には、書写された時代の時代性や内容の特徴などが反映している可能性もある。『落窪物語』も『住吉物語』と同じように、二人の妻が設定されている。継子物語の始発には、必然的に二人妻説話が要請されているのである。というより、二人妻（妻争い）の延長でなければ、継母の設定や継子苛めの構図は成立しないのである。

なお「妻二人」というのは、正妻が二人のように読めるが、当時の婚姻(こんいん)では正妻は一人で、他は妾(しょう)とされている。正妻のことは「北の方」・「本妻」・「嫡妻(ちゃくさい)」と称して区別している。次のところで、継母のことを「北の方」と称していることからすると、継母が正妻で、母宮は妾だったと読める。あるいは正妻の母宮が亡くなったことで、継母が正妻になったのだろうか。中納言(ちゅうなごん)が継母と同居している点、継母の優位がうかがわれる。

◆二　母宮病死

こうして、歳月が流れるうち、姫君が七歳になられると、母宮は大変重い病気になられた。日を経るにしたがって病が重くなられる一方に見えたので、母宮は次のように遺言なさった。「私が亡くなっても、この幼い姫君を決して人並みに扱ってくださいますな。異母妹たち以下の扱いをしないでください」と申し上げると、中納言は涙ながらに、「私もあなたと同じ姫君の親なので、姫君を妹たちより劣る扱いはいたしませんよ」などと語りあいなさって日々を過ごしているうちに、この世は無常で移り変わりやすいものなので、とうとう母宮は亡くなられてしまった。中納言は、「私も一緒にあの世へ行きたい」と悲しみながらも、後生の弔いをしかるべく行って、四十九日の法要が終わると、継母のいる邸にお戻りになった。

❖かくて、年月を経るほどに、姫君七歳と申すに、母宮例ならずなやみ給ふ。日をへて重くのみ見え給ひければ、母宮申されけるは、「われなからん後までも、このをさなきもの、ひとなみなみならんふるまひなせさせ給ひそ。こと君達におぼしおとすな」と申されければ、中納言うち泣きて、「われも同じ親なれば、劣りてやは」など語らひ給ひて、明かし暮らすほどに、この世ははかなく定めなき所なれば、情なく昔語りになりはてにけり。中納言、「我も同じ道に」と悲しみながら、後の世どもさるべきやうにして、四十九日もはてぬれば、もとの北の方へ渡り給ひぬ。

○かくて―話題転換語。蝶番のように複数の小話を接続する際にしばしば用いられる。同様の役割を果たす語として、「かくしつゝ」・「さて」・「さるまゝに」・「去程に」・「かゝるほどに」などがある。これによって物語は増補されていく。

○七歳―ほとんどの諸本は「八」になっている。「七さい」（白峰寺本）、「有時」（資料館本）。この数字の一致のみならず、本書と白峰寺本との本文一致度はかなり高い。

○例ならず―漢語「不例」の和訓。「いつもと違って」というより、「重病になって」と訳したい。というのも、「例ならず」と冠された人は、たいていその後に亡くなっているからである。単なる病気という以上に、死の前兆となることが多い。「御心地なほ例ならずのみ思さるれば」（『源氏物語』葵巻）。

○昔語り―母宮の死去を暗示する表現。「その世の事はみな昔語りになりゆくを」（『源氏物語』朝顔巻）。

○もとの北のかた―諸大夫の娘（継母）の呼称。「もと」とあるのでこちらが先妻になりそうだ。なお必ずしも「北の対」に住んでいるわけではない。

✻姫君が七歳になった年、いよいよ物語は継子苛めへと動き始めた。七歳というのは、物語が大きく展開する年齢である。それもあって母宮の死が要請される。母宮は中納言に、くれぐれも姫君を大切にしてと懇願しているが、それは遺言に匹敵するものであった。母宮は姫君が継母から迫害されることを予想していたのであろう。

もちろん中納言も姫君をかわいがっているが、ここで既に未来の継子苛めが予言されていると読める。何も『住吉物語』や『落窪物語』が特殊というわけではないのだ。こうして物語展開のために、実母が物語から退場させられた。「昔語りになる」というのは、亡くなることの婉曲表現である。

なお「もとの北の方へ渡る」とあるのは、継母のいる邸に戻ることだが、これによって中納言は継母を本妻として同居していたことがわかる。言い換えれば、母宮の邸へは通い婚だったことになる。

★2 母宮の遺言について

ここで注目すべきは、母宮が姫君のことを諸大夫の娘（継母）腹の子供たちと比較し、異腹の娘以上の待遇を望んでいることである。これはいわば実母の遺言でもあった。それは実母の死後に継子苛めが行われることを危惧してのことであろうが、それならば継母腹の娘以上の待遇は望まなくてもいいはずである。

継子苛めというのは、継母による一方的な行為のように思われるかもしれないが、実は立場が入れ替われば、母宮も継母になりかねないのである。母宮にしても、継母の娘よりも自分の娘の幸せを願っているからである。ということは一夫多妻あるいは先妻後妻という家族制度が存する限り、継子苛めは永遠に繰り返されることになる。

そして現実には、多くの継子たちが継母によって不遇な人生を歩まされたに違いない。だからこそ『住吉物語』や『落窪物語』が読まれ、継子を苛めた継母の末路（まつろ）のみじめさを訴え、継子苛めしてはいけないと戒（いまし）めているのである。『住吉物語』や『落窪物語』のような継子の幸せは世界中の継子たちの悲願でもあったのだ。

◆三　姫君の悲しみ

この姫君は、幼いお心にも、母宮が亡くなられたことをひたすらお悲しみになって、中納言がいらっしゃると、なにをするということもなく、二葉の小萩に露が置いたようにしょんぼりと嘆き悲しんでいるので、乳母はあれこれ姫君をお慰め申し上げなどして月日を過ごしておられるうちに、中納言はいつもいらっしゃって、姫君をお見舞い申し上げなさった。さて中納言がお帰りになろうとすると、姫君が父の直衣の袖をお引き申し上げてお慕いなさるご様子に、中納言はたいそう心苦しくて、あれこれ話をこしらえ申し上げてお帰りになった。

本妻の諸大夫の娘のお産みになられたのにも姫君が二人いらっしゃる、そのお二人もかわいがっているが、宮腹の姫君はとりわけたいそうかわいがっていらっしゃる。中納言は同じ邸で一緒に住まわせたいとお思いになったが、『昔も今も誠ならぬ親子の仲は（うまくいかないものだ）』と思って、姫君が幼少の間は乳母と一緒に住まわせなさった。

❖この姫君、をさなき御心にも、故宮の御事のみ悲しみ給ひて、中納言渡り給ひぬれば、いとどつれづれ限りなく、二葉の小萩の露重げなれば、御乳母とかくなぐさめ参らせて過ぎ侍りけるほどに、中納言常に渡り給ひて、姫君見聞こえ給ひけり。さて帰り給へば、直衣の袖をひかへまゐらせて慕ひ給ひける御けしき、いとど心苦しくて、とかくこしらへおき参らせて帰り給ひぬ。

もとの諸大夫の娘の御腹にも姫君二人おはしましける、いづれもかしづきながら、この姫君はすぐれてかしづき給ふ。一所にも住ませまほしく思し召しけれども、『昔も今もまことならぬ親子の仲は』とて、をさなくおはしますほどは乳母のもとに住ませ給ひけり。

○二葉の小萩―母を亡くした幼い姫君の悲嘆にくれた様子を形容した比喩表現。「には（庭）の小萩」とも読めなくはない。「二葉」はそれ自体で幼児の比喩となっている。「小萩」も同様であり、やや重複感は否めない。なお「二葉の小萩」という合体表現は他に認められない（造語か）。いずれにしても『住吉物語』の独自表現と思われる。「宮城野の本あらの小萩露を重み風を待つごと君をこそ待て」（『古今集』六九四番）、「宮城野の露吹きむすぶ風の音に小萩がもとを思ひこそやれ」（『源氏物語』桐壺巻）。

○乳母のもと──この場合、乳母の家へ移るのではなく、もとの邸（三条堀河邸）で乳母と一緒に住むという意味である。『住吉物語』に限らず継子譚における乳母は、実母の代役という役割を担っている。

✻ここは、母を亡くした姫君のかわいさと悲しみを描いているところである。後半で継母の二人の娘（中の君・三の君）を出しているのは、いずれ始まるであろう継母との同居の伏線となっている。この時点で継母の娘二人と、姫君に対する中納言の愛情の違いが述べられているが、継子物語の常套として、皇族の血筋の絶対性は揺るがないし、そのことが継子が継母から苛められる原因となっているともいえる。

本来、母親が亡くなれば、子供は父親が引き取って養育するのだが、それによって継母の継子苛めも行われることになる。ここでは乳母が母代わりに姫君の世話をすることで、継母との同居が後回しにされる。それが『落窪物語』との違いの一つである。

★3　継母と継子

ここに「昔も今もまことならぬ親子の仲」という表現が用いられている（三二章にもあり）。これは継子譚の基本論理を言い表わした諺である。「誠（真）ならぬ」とは、実母ならぬ継母のことであるが、これによっていずれ姫君が継母と同居した場合に、継子苛めが起こることを暗示している。読者は既に、いずれ起こるであろう継子苛め物語の展開を予測して読むことになる。

これに類したものとして、「継母の憎むは例の事」（『落窪物語』巻一）、「継母の腹きたなき昔物語も多かるを」（『源氏物語』螢巻）、「なほ誠のおやならぬにこそ」（『苔の衣』）、「けいぼけいしの中ほどうたてしき物あらじ」（『正八幡之御本地』初段）、「昔も今もまことならぬ御仲なれば」（『秋月物語』）、「昔より母ならぬ物を親といふことは物憂きことのあるなり」（『ふせや』）などがある。平安・鎌倉時代の物語にも、継子譚が色濃く投影されているのである。

◆四　姫君成長

姫君は年齢を重ねられるにつれ、いよいよ輝きが増して、並一通りでない美しさにおなりになったので、乳母は姫君の髪をなでて、「ああ、成長した姫君の姿を母宮が生きていてご覧になったならば、どれほど大切に愛育されたことであろうか」といって乳母は嘆いたので、姫君もお泣きになる。

日数が積もって姫君が十歳をお過ぎになったので、母を亡くした辛さもおわかりになられるようになって、涙を流すことが多くおなりになる一方だった。中納言殿がいらっしゃったので、乳母が申し上げるには、「この姫君が幼い間は、このようにここでお暮らしになるのも悪くはございませんが、一日中、故母宮がいらっしゃらないことを嘆き悲しんでいらっしゃるのを拝見しますにつけ、おいたわしく思わないではいられません。母宮が遺言されたように、宮中へ入内させなさるのでしたら、このように幼くいらっしゃる時の方がいいかと存じます」と申し上げると、中納言殿も、「私もそのように思っています。どうして姫君のことを疎かに扱うことがあろうか。しかしながら心に叶わぬことが多くて（そうできないのだ）。そうではあるが私の手元に引き取って、常に姫君を見申し上げましょう」といって、姫君引き取りの日を正月十日と決めてお帰りになった。

❖年重ならせ給ふままに、いよいよ光りまさりて、なべてならず美しく聞こえ給ひければ、乳母は御ぐしうちなでて、「あはれ、これを母宮生きて御覧じさせ給はば、いかばかりもてかしづき参らせ給ふべき」とて乳母泣きければ、姫君もうち泣き給ふ。

日数つもれば、十あまりにならせ給へば、もの思ひ知るほどの御事多くて、涙のみまさり給ふ。中納言殿わたり給ふに、乳母申すやう、「この姫君、幼くおはします時こそかやうにておはしますも苦しからぬ御事なれ。明け暮れ母宮の御事をなげき悲しみ給ふを見まゐらせ候ふも、御いたはしく思ひ参らせ候ふ。故宮の御遺言にまかせて内裏へ参らせ給はんも、かやうに幼くわたらせ給はん時こそよくさぶらはめ」と中せば、中納言殿も、「我もさこそ思ひ侍れ、いかでかおろかなるべき。なれども、心にかなはぬことのみしげくてこそ。さりながら我がもとへ呼びとりて、常に見聞こえん」とて、「正月十日」と定めて帰り給ひぬ。

○御ぐしうちなでて――乳母の姫君に対する愛情表現のパターン。「かきやりて」ともいう。「御ぐしかきやりて」（『木幡の時雨』）。

○候ふ――本書において、会話文にのみ「候ふ」が数回用いられている。平安中期頃までは主に「侍り」が用いられていたが、徐々に「候ふ」が「侍り」にとってかわっていった。なお平安後期までは「さぶらふ」と読んでいたが、鎌倉時代以降に武士は「そうろう」と発音するようになった（男性語）。それに対して女性語としての「さぶらふ」「さむらふ」との区別が生じている。

○心にかなはぬこと――中納言は妻（継母）の意向を気にしている。『落窪物語』の父親同様、『住吉物語』でも継母側の経済力に頼っているからである。「北の方の御ままにて、わりなきこと多かりけり」（『落窪物語』巻一）。ここに「力なき」中納言を見ておきたい。

✲母宮が亡くなられた後、中納言がすぐに姫君を引き取らなかったのは、乳母が後見として姫君の面倒を見ているからである。これは継母による継子苛めを阻止する手段でもあった。しかしそれでは姫君入内が実現しない。そこで姫君が十歳を過ぎると、乳母は中納言に姫君入内のことを促すことになる。それに対して中納言は同調するが、「心にかなはぬことのみしげくて」と口にしている。具体的なことには触れていないが、単に中納言の政治家としての権力云々ではなく、むしろ継母が姫君入内に賛成ではないことが察せられる。それは継母側から経済援助を受けているからであろう。

いずれにしても乳母の存在により、継母との別居が続くことで、『落窪物語』のような継子苛めはここまで順延されてきた。しかし姫君入内を実現するために、いよいよ姫君は中納言に引き取られることになる。ただし乳母が生きている間は、表だった継子苛めは行われていない。そうなると次のステップとして乳母の死が要請されることで、ようやく本格的な継子苛めが開始されることになる。継子譚においては、単に実母の不在だけでなく、後見役としての乳母の不在も重要であったのだ。

★4　本文異同

姫君引取りの日取りについて、底本では「正月十日」となっているが、ここにいくつかの興味深い本文異同(ほんもんいどう)が生じている。たとえば、古い略本系(りゃくほんけい)の成田(なりた)本には「来月の十日」とある。「立たん」をそのまま理解すれば、「たたん月の十日」となる。また「たたん」の「ん」を「む」と読めば、「ただむ月」(睦月(むつき))つまり「正月」になる。「む」を「う」と読めば、「うづき」(卯月・四月)になる。たった一字でこうも月が変わるのだ。

それとは別に、「正」という漢字のくずしは漢数字の「五」とも似ているので、「五月(さつき)」にも簡単に変化する。その他にも「この月の十日」(今月)、「十月十日」(神無月(かんなづき))とある写本もあり、諸本によって何月かは大きく揺れていた。その本文異同がどうして生じたのかについて、このように謎解きしてみてはどうだろうか。

◆五　姫君引き取り

転居予定の日になったので、中納言が姫君をお迎え申し上げると、継母の娘二人と親しく語り合っていらっしゃるのを見て、中納言はたいそううれしいことであり、これで安心だとお思いになった。中の君・三の君はそれぞれつやつやと美しく、通り一遍ではない美しさであるが、姫君はそれより一層輝くように美しく、「光るような美しさとはこれを申し上げるのか」というほど美しくお見えだった。

この姫君の乳母子に、侍従という名の人がおられた。年齢は姫君より二歳ほど年長で、姿・恰好は姫君にふさわしく、物の言いようもたいそう理想的に見えられる。この侍従は常に姫君のお側に控えて、互いに片時でも離れることを辛く思いあってお過ごしになっていらっしゃった。

❖その日にもなりぬれば、迎へ奉り給ひたれば、今二人の御娘たちとうち語らひておはしますを見て、いとうれしきことにぞ目安くおぼしける。中の君・三の君はとり〲にいと匂ひやかに、なべてのにはあらぬ御けしきなれど、姫君は今一入匂ひ加はりて、「光るなどはこれを申すにや」とぞ見え給ひける。

この姫君の御乳母子に、侍従と聞こゆる侍りける、御年は姫君に今二つばかりのまさりにて、姿ありさまありつかはしく、ものなどいひ出したるやうも、いとあらまほしくぞ見え侍る。これぞ姫君につきそひて、たがひに片時も立ち離れんものうく思ひてぞ明かし暮らし給ひける。

○うち語らひておはします―異腹の姉妹が親しみ合うのは、『落窪物語』とは大きく異なる設定である。それを見た父中納言は一安心する。

○中の君・三の君―継母腹の娘たち。これによって宮姫が大君（長女）であることがわかる。継母には男の子がいないようなので、母宮は継母より先に中納言の子を出産していることになる。なお中の君・三の君は別々の存在ではなく、二人一緒に登場させられることが多い。ここも各自の個性ではなく「とり〲」と表現されている。

○今一入―継母の娘もそれなりには美しいが、宮腹の姫君の美しさには比べ物にならない。これが物語の厳しい論理である。歌語としては、「ときはなる松の緑も春くれば今ひとしほの色まさりけり」（『古今集』二四番）などがあるが、これらは染物の意を含む掛詞（かけことば）であり、「色・増す・衣」などを伴うパターン化した用法となっている。純粋な副詞としての使用は中世以降なので、本書が初出か。「今一入（いまひとしほ）悲しみの色をぞ増し給ふ」（『平家物語』巻十一重（しげ）衡被斬（ひらきられ））。

○侍従―姫君の乳母子で、姫君より二歳年長という設定。乳母子は乳母の子であり、必ずしも同年齢とは限らない。なお「侍従」という呼称は、『異本能宣集（いほんよしのぶしゅう）』では「右近の君」になっており、古本と改作本で名称が異なっている可能性がある。

○今二つばかりのまさり―普通、乳母子は養君と同年齢と考えられているが、実際には年齢差のある場合が多い〈吉海『平安朝の乳母達』世界思想社参照〉。なお御所本等はこれを継母腹の姫君との年齢差にしている。これも間違いではない。「御とはことひめきみたちには二まさりにて侍り」（御所本）。

○片時も立ち離れんも―親子や夫婦の親密さを示す表現であるが、養君と乳母や乳母子にも用いられている。これによって主従を超えた両者の信頼関係を示す。『落窪物語』における姫君とあこきの設定も同様である。「あはれに思ひかはして、片時離れず」（『落窪物語』巻一）、「片時たち離れたてまつらず馴（な）れきこえつる」（『源氏物語』夕顔巻）、「片時離るるをりなくならひたまひて」(『夜の寝覚』巻四)。なお新編全集にはもう一例、姫君が住吉に出奔する際、「姫君に片時も離れたてまつるべきならねば、とどまるべきにもあらず」(90頁)とある。

✻いよいよ姫君引き取りの日になった。中納言邸に引き取られた姫君は、早速継母の二人の娘と対面する。「シンデレラ」などでは、継母の娘たちも継母同様にシンデレラに辛くあたっているが、『住吉物語』の二人は継子を苛めたりはしておらず、逆に仲睦まじくしている。ただしここでも二人と姫君の美しさが比較され、姫君の圧倒的な美しさが語られている。というより、姫君の美しさは繰り返し語られなければならないことのようである。

続いて今まで語られなかった乳母子の侍従が登場している。この侍従は継母の苛めにおいて唯一の頼もしい味方となる人物である。それこそ決して姫君を裏切らない乳母子の役割を具現している。そもそも姫君引き取りに際して、乳母も一緒に付いていけばよさそうに思われるが、乳母は元の邸に残っている。その乳母の役割を引き継いだのが乳母子(乳母の娘)の侍従なのである。これまでは乳母の存在に隠れていたのだが、姫君が乳母と離れたことで、ようやく乳母子の存在が浮上してきたというわけである。「片時も立ち離れず」という表現が、二人の結びつきの強さを物語っている。ただし乳母論の約束事として、乳母子は乳母よりも劣る（力のない）存在であった。

それに対して、『落窪物語』に姫君の乳母子は登場していない。『落窪物語』には乳母だけでなく乳母子も不在であり、そのことが落窪の姫君の孤立や不遇を一層強調しているのである。それに代わる人物として「あこき」が登場しているが、乳母子でも血縁でもないのに、姫君に忠実に奉仕しているところが『落窪物語』の斬新さであった。

★5 「乳母」のいる風景

平安朝の貴族の子女には必ず複数の乳母が付けられる。それは母に代わって赤ん坊に授乳したり養育したりするためである。ただし授乳期間が終わっても、養君が成人しても乳母は側に付いている。

そのため単なる雇用関係（主従）を超えて、乳母と養君の結び付きは強固になっており、結婚相手の選定にまで関与している。貴族には実母と乳母という複数の母がいたのである。

なお、貴族の乳母と武士の乳母には違いがあった。貴族の乳母は家族から離れ、単身で主家に赴くのに対して、武士の乳母は乳母の家に養君を迎え、家族ぐるみで養育した。だから武士の乳母子は乳兄弟といえるが、貴族の乳母子は母の乳を与えられていないので、乳兄弟とはいえない。当然、養君と乳母子は必ずしも同年齢でもなかった。授乳も必須条件ではなかったからである。

貴族の姫君の場合、しっかりした乳母が側にいることで、姫君は守られていた。だから懸想する男は乳母の不在を見計らうか、乳母を味方にすることで姫君に接近する。それは継子譚も同様で、たとえ母親が亡くなったとしても、乳母が健在であれば継子苛めは起こりにくい。

同じように姫君が継母と同居していても、『落窪物語』では、「はかばかしき人もなく、乳母もなかりけり」と乳母の不在が表明されている。そのため姫君が引き取られたら即座に継子苛めが展開しているのである。

それに対して、『住吉物語』は乳母が生きている間は継子苛めが始まらない。これが両作品の大きな違いでもあった。

次のステップとして、乳母の死が描かれることになる。もちろん乳母に代わって乳母子の侍従が側に仕えているが、乳母子では乳母の代わりは務まらない。それが乳母子の限界であった。

　ただ面白いことに、姫君の急場を救うために新たに登場する住吉の尼君にしても、故母宮の乳母という設定になっている。母宮の乳母は、養君である母宮ばかりかその娘にまで誠実に仕えるのである。これが乳母の論理である。それは三の君の乳母として悪役を演じるむくつけ女にもいえることであった。

◆六　継母の登場

中納言は「姫君に西の対を用意して住ませましょう」と思って、そのように手配しておられた。継母の心の中はどう思っていたのかわからないが、表向きに申し上げたのは、「本当に、母宮をお亡くしになって、ここへお迎え申しあげたいと思っておりましたが、今日今日と思ってばかりで過ごしているうちに遅くなってしまいました。若い娘たちも大勢いらっしゃるので、お互いに手持ち無沙汰を慰めあって、たいそううれしいことでございます。幼いお気持ちにどれほど亡き母のことを恋しく思い出しなさるでしょうか。ああ、おかわいそうに」と申しあげるので、姫君の乳母は、「本当に、長いこと変なところに埋もれていらっしゃったので、この先どうなることかと、この上なく悲しく思っておりましたが、今の御様子を拝見しますと、万事すっきりした気持ちになりまして、いつあの世にいっても安心というものです」などといいつづけて、涙を流しておられた。
嫡妻の子なので、中の君には兵衛佐という人と結婚させた。姫君は西の対にお住まいになられるので、中の君や三の君とも親しくなさり、お互いに睦まじくお思いあって、お過ごしになっていた。「故宮がおっしゃっていた入内の件はどのようになさいますか」と乳母が常に忘れずに入内の催促をなさると、中納言は、「私もそのことを怠けてはいませんが、北の方と一緒に行おうとしても、自分の子ではないので、私と同じ気持ちで準備することがむずかしいので、口にも言い出せません」といって、どうしたものかと思い煩っていらっしゃった。

❖中納言、「西の対しつらひて住ませ侍らん」とて、そのいとなみにてぞ侍りける。継母、心のうちにはいかが思ひけん、人聞きには聞えしやう、「誠に、母宮に遅れ給ひて、迎へ奉らまほしく侍りつれども、今日今日とのみ思ひてすごしつるに。若き人人あまたおはするに、たがひにつれづれなぐさめて、いとうれしきことにこそ。いかにをさなき心ちに其のほどこひしくおぼしいづらん。あなあはれや」と聞ゆれば、めのと、「まことに、年ごろあやしき所にうづもれておはせしに、はていかがなど限りなく悲しく侍りしに、これを見奉ればよろづ晴れぬる心地して、黄泉路安くこそ」などいひつづけて、うち泣き侍りけり。

嫡ひ腹なれば、中の君には兵衛佐なる人あはせてけり。西の対に住み給へば、中の君・三のきみむつぼれ遊び、たがひに睦ましく思ひて明かし暮らし給ひけり。「故宮のおほせられし御宮仕の事いかに」と、御乳母忘るる時なく驚かし侍りければ、中納言、「我もおこたる時なけれども、北の方に聞えあはせんに、我が子ならねば同じ心にいそがんもかたければ、いひも出さず」とて、思ひわづらひ給ひけり。

○西の対―寝殿造りの西の対。ヒロインの住居にふさわしい設定でもある一方、寝殿には住めない（主人格ではない）ことも意味する。『源氏物語』では、紫の上と玉鬘の二人が西の対に住んでいる。落窪の間に居住している『落窪物語』の姫君の設定とは大きく相違する。

○継母―北の方（諸大夫の娘）を女主人公である姫君（継子）側から見た呼称。継子譚においては悪役のイメージが強い。北の方とは微妙に使い分けられているか。

○黄泉路安く―もうこの世に思い残すことはないという慣用表現。「よみぢもやすくと思ひたまへる」（『うつほ物語』国譲下巻）、「よみぢもやすくと、きこえたるを」（『有明の別』）、「よみぢも安かるまじう覚ゆれば」（『兵部卿宮物語』）、「よみぢもやすき物かな」（『小夜衣』上）。その他、「黄泉路のさはり」「黄泉路のほだし」もある。

○嫡ひ腹―当腹。継母（嫡妻）の実子と継子（庶子）とを差別する表現。ただしこの一文、前後の文脈に調和していない。真銅本・白峰寺本によれば、裳着の記述の後の文章ということになる。姉である姫君より先に中の君に裳着・結婚をさせるのは、一種の継子苛めであろう。「むかひばらの三郎君」（『落窪物語』巻二）。

○我が子ならねば同じ心に―継母に対する常套表現。四の「心にかなはぬことのみしげくて」という中納言の弁解の真意の、より具体的な記述である。中納言と「同じ心」でないことが継子譚のポイントでもある。「同じ心に思ひめぐらして、御心に思ひ定めたまへ」（『源氏物語』松風巻）。継母に一体化を求めるのがそもそも問題であろう。

✲引き取られた姫君は、中納言邸の西の対に住むことになる。その途端に継母の登場となっている。北の方でもよさそうなものだが、最初から継母とあることで、これから継母による継子苛めが始動することを推察させるし、心の中で何を思っているかという言い方は、決して姫君に同情しない継母の存在を暗示させている。しかし表向きは姫君に同情しているふりをしているので、乳母もすっかり騙されて安心している。「黄泉路安く」とはもういつ死んでも思い残すことはないという意味である。

中の君について「嫡ひ腹」とあることで、継母が嫡妻となっていることがわかる。母宮の方が血筋はいいが、同居しているのは継母なので、継母が正妻であり北の方という設定になっている。この文章の流れだと、婿を迎えた中の君も西の対に住んでいるように読めるが、西の対は姫君の住居とあったので、中の君は東の対に住んでいるようである。続いて乳母は姫君の入内を中納言に催促しているが、ここで中納言は本音を吐露している。つまり継母が姫君の入内には不承知なのでことがスムーズに進まないのだと。要するに継母の賛成・助力がなければ、姫君の入内はかなわないのである。

末尾に出ている「同じ心」とは、入内を願う中納言と同じ気持ちを継母が持っていないということである。「同じ心」とは恋人同士でも用いられるものだが、ある種の一対願望である。片方がもう一方に「同じ心」であることを望むわけだが、たいていはそうならないことが多い。要するに一対願望は一対幻想でしかないのである。むしろ「同じ心」になりえない場合に発される言葉だったのだ。

◆七　初時雨

こうして歳月が過ぎていくうちに、右大臣である人の御子息に四位の少将といって、たいそう優れている人がいらっしゃったが、その少将は『なんとか理想的な女性はいないものか』と、毎日ぼんやりと上の空で、探しても見つからずに悲しんでいたところ、右大臣家のはした女で空冴といっていた人で、成人して筑前という女房名になっていた人は、中納言の妻（母宮）の家司で、主殿大夫という者の妻だったので、朝夕に宮腹の姫君をお見かけ申し上げていました。筑前は右大臣家の北の方のところで人の評判を語るついでに、「中納言の宮腹の姫君こそ幼少の頃から美しく、まるで二葉の小萩を見るようでした。どんなに美しく成長されていることでしょう。母宮が亡くなられてから、この四、五年はうかがっていないので、拝見していませんが」というのを少将が立ち聞きなさって、『これは嬉しいことを聞いたものだ』とお思いになって、自分の部屋に筑前を召して、「いろいろ美しい女性の話はたくさんあるが、乗り気がしないで過ごしてきた。中納言の宮腹の姫君は実際に見たのか」とお尋ねになると、筑前は「私の夫が故母宮に仕えていたので、よく存じております。たいそう美しく、中納言殿は入内を望んでおられますが、なかなかうまく進まずに嘆いていらっしゃるとのことです」と答えたところ、「その姫君のところに行って手紙を渡してくれないか」とおっしゃるので、「成就するかどうかはわかりませんが、お手紙を持って参上してみましょう」と申し上げると、少将は喜んで、十月頃の紅葉襲の薄様の料紙に歌をお書きになった。

初時雨が今日降り始めたことで紅葉の色が濃くなったが、私の姫君に対する恋心の深さも知ってほしいものです。

と書いて、紙を結び文にして授けた。受け取った筑前はその日の暮れ頃に中納言の邸に参上したところ、女房たちが珍しがっていると、侍従が「まあ珍しい。何を思い出していらっしゃったのでしょう。母宮がいらっしゃった頃の感じがして、たいそうしみじみと懐かしくてなりません」などというと、筑前は「ついちょっとした雑事が重なりまして、心ならずも今まで参りませんでした。我が身ながらもそれが心苦しかったので、「こうしてばかりもいられない」と、これまでの無沙汰のお詫びをしようと参りました。いつということはありませんが、年を取ると昔のことが無性に懐かしくて、みなさんにお会いしたくてうかがいました」などというのを、姫君も「母宮が生きていらっしゃった時のことがしみじみと感じられます」とお聞きになっていらっしゃる。

❖かくて、月日重なり行くほどに、右大臣なる人の御子に四位の少将とて、よにすぐれたる人侍りける、『いかにも思ふやうなる人もがな』と、朝夕御心も空にあくがれてもの悲しきに、右大臣のはしたもの、空冴といひけるが、大人になるままに筑前と聞こゆるなん、中納言の母宮の家司にて、主殿の大夫の妻にて侍りければ、朝夕にこの姫君を見聞こえけり。筑前、右大臣の家の北の方にて人のよしあしき事語るついでに、「中納言の宮腹の姫君こそ幼おひめでたく、二葉の小萩を見る心地せしか。いかにおひいで給ひたるらん。故母宮の失せ給ひてのちは、四五年は参りよらねば見侍らず」といふを、少将立ち聞き給ひて、『いとうれしき事を聞きつる物かな』とおぼして、我が曹司に筑前呼びて、「見るらんやうにさもとある人あまたあれども、ものうくのみして過す。中納言の宮腹の姫君は見しか」と尋ね給ひければ、筑前、「男にて侍りし者、故母宮に侍りしかば、よく見奉りて侍りし。世に美しく、中納言殿は宮仕へをとのたまへば、うちかなはでおぼしなげくとぞ承る」といへば、「その人の事、いひよりて文など伝へんや」との給へば、「かなはん事はしらず。御文をもちて参りてこそは見侍らめ」と聞こゆれば、喜びて、十月ばかりに紅葉がさねの薄様に書き給ふ。

初時雨けふ降りそむるもみぢ葉の色の深さを思ひしれとぞ [1]

と書きて、引き結びてたまはる。取りてその日の暮れほどに、筑前は中納言のもとにまかりつれば、人々めづらしみあへるなかに、侍従、「あなゆゆし。いかに思ひ出でて参り侍るにか。その昔の心地して、いと睦ましくあはれにこそ」などいへば、筑前、「はかなきことのみしげくさぶらひて、心ならず今まで参らざりし。我が身ながらつらく侍るを、「さてのみやはあるべき」とて、申しひらかんとて参り侍る也。いつといひながら、年寄りては過ぎこしかた、御恋しさのかたくなはしさに、人々をも見奉らんとて」などいひて、ひめ君も「ありし昔の言葉さへあはれに」とぞ聞きゐ給へる。

○四位の少将—『異本能宣集』には「侍従」という名で出ており、古本では侍従であったものが「四位少将」に改作されたか。「侍従」としては藤原道隆など一流貴族の子弟が十六、七歳で就任する例がある。寛和二年（九八六）道隆の子伊周は十三歳で侍従となっている。同年、道長が二十一歳で四位少将、伊周の兄道頼は翌年、十七歳で四位少将。なお主人公を「四位少将」とするものに『しのびね物語』や『岩屋草子』などがある。
○空冴—童女名。大人になって筑前と改名。『塩竈の御本地』、『浄瑠璃姫御前』、御伽草子『西行』にも登場している。どの時点かで筑前を男と読み誤ったことで、主殿大夫が女になっているらしい（本書では改訂している）。「そらさへといひけるが、おとなになるまゝにちくぜんときこゆるなん、中納言のひめ君のはゝみやのけいしにて、とのもりの大夫といひけるものゝめにてはんべりければ」（成田本）。

○ついでに―本来、ついでに語られることはたいして主要ではないはずだが、物語ではついでに語られることの方が重要な場合が多いことに注意。「よき人の女など人に語らせて、人に問ひ聞き給ふついでに」（『落窪物語』巻二）。

○初時雨―諸本全てにある歌。「そむる」に「初」と「染」を掛け、さらに人事としての「思ひ初める」を重ねる。時雨は晩秋から初冬にかけて降るにわか雨。『万葉集』には「九月の時雨」という表現が見られるが、平安時代には初冬（十月）の例が多く、秋の例は稀である。『能因歌枕』には「十月の雨をば時雨といふ」と出ている。『落窪物語』巻一には、「雲間なき時雨の秋は」と歌われている。なお「初時雨」という表現は、『古今集』を初出とする。「初時雨降りしそむれば言の葉も色のまさる比とこそみれ」（『兼輔集』五〇番）。

✻物語は足早に展開していく。継母腹の中の君が兵衛佐と結婚したことで、次は姫君と三の君の結婚が話題になる。そこに筑前という女房を仲介役として、右大臣の息子四位少将が紹介される。この少将が最終的に姫君と結ばれるのであるが、それまでの道のりは実に長いものであった。類似している『落窪物語』はさっさと男君と結ばれているのであるが、『住吉物語』は姫君が住吉へ下向することで結婚には至らない。これは男君に苦労して姫君を探し出すという試練が与えられているとも読める。その分、『落窪物語』のような報復は回避されている。

男君は筑前の噂話から宮腹の姫君のことを知り、早速恋文を筑前に託す。それを筑前が預かって姫君を訪ねる。男君は「初時雨」という歌をしたためているが、この歌はすべての諸本で第一番目に位置している記念すべき歌であった。そのためか書名を『はつしぐれ』(臼田本)としているものも認められる。

なお『住吉物語』には諸本が多く(数百本)、到底系統分けできそうもない混沌とした状態になっている。当然、善本の提示も困難となっている。そのため便宜的に所収和歌数を調べ、少ないものが略本(最小は十七首)、多いものが広本(最大は百二十首)、そして中間的なものが中間本(四十～六十首)と三つに分けられている。和歌だけでもこれだけの差異が生じているのであるから、一つの『住吉物語』という作品を想定することは困難である。この諸本の多様さが、『住吉物語』の享受史の広がりを物語ると同時に、研究の大きな障害になっているといえる(『平家物語』に類似した状況)。

◆八　女郎花の露重げ

さて帰りぎわに、筑前は侍従を呼び出して、「右大臣のお子さまで少将殿と申される方のお手紙です。こういったことは仲介しにくいのですが、貴い方が熱心におっしゃられるので断りきれなくて」というので、「さあどうでしょう。よくわかりませんが、そうご相談なさるのでしたら」といって、姫君に「これこれのお手紙」といって広げて、姫君の傍に置くと、御顔を赤くして何もおっしゃらないので、それももっともと思って、「これこれ」と告げると、筑前は少将殿の所に参上してありのままに申し上げたところ、「さてさてどのように美しく成長していらっしゃったか」と尋ねるので、「本当にこの世のものと思えないほどで、姫君の周りまで光る程でした。箏の琴を演奏していらっしゃったところへ、私が参上したので、昔の思い出話をみんなで語り合いましたら、亡くなった母宮のことを時々お悲しみになったご様子は、とても言葉では言い尽くせません。女郎花に置いた露が重くて、籬の外に倒れ出たような感じがして、何ということなしにしみじみといじらしくて、私の袂までもらい泣きして湿っぽくなりました」と申し上げると、少将は一層姫君に執着して、「何とかして逢いたいものだ」とお嘆きになった。

❖さても出でざまに、ちくぜん侍従をよびいだし、「右のおほいどのの御子に少将どのと申す人の御文なり。かやうのことは口入れしにくゝ侍りながら、やんごとなき人のいたく仰らるゝことのいなみがたさに」といへば、「いさや、おぼえずながら、のたまひあはする事なれば」とて、ひめ君に「しかじかの文」とてひきひろげて、御かたはらにおきたれば、御かほうちあかめて、とかくの御事も聞え給はねば、ことわりと思ひて「かく」と申せば、ちくぜん、せうしやう殿に参りてありのまゝにきこゆれば、「さてもさてもいかゞおひ出させ給ひたる」と問へば、「誠此の世ならず、かたはらひかる程になん。ことのねかきならしておはしましに、ちくぜん参りてそのむかしの事ども人々かたらひ侍りしかば、はゝみやの御事共をり〳〵なげき給ひし御姿、いへばおろかにこそ。をみなへしの露おもげにて、まがきのほかにたをれいでたるこゝちして、其の事となくあはれにいとほしく、よそのたもとまでも露けく候ひつる」と申しければ、少将はいよ〳〵おぼしつきて、『いかにしてかあひ見ん』とぞなげき給ひける。

○ことのね―琴を弾く姫君と琴を弾かない三の君の設定は、血筋や教養の差としてのみならず、後の布石として重要な話となっている。これ以前に姫君の琴に関する記述なし。あるいは琴を描いた絵が存在したか。「箏の琴を世にをかしく弾きたまひければ」(『落窪物語』巻一)。

○をみなへしの露おもげにて―姫君の美しさを花にたとえたもの。「二葉の小萩」から成人女性の形容へと変化している。なお類似した表現が『源氏物語』桐壺巻(河内本)、『苔の衣』巻三、『小夜衣』上巻(二例)、『木幡の時雨』、『一本菊』、『文正さうし』(二例)、『滝口入道』、『鉢かづき』、『小町草紙』、『瓜姫物語』、『十二人ひめ』、『四季さうし』夏巻、幸若『築島』等に見られる。特に河内本とのかかわりは、先後関係を伴って重要視されている。「なつかしうらうたげなりし有様は、女郎花の風に靡きたるよりもなよび、撫子の露に濡れたるよりもらうたく」（河内本『源氏物語』桐壺巻）、「秋風にくらぶる野辺の女郎花露をば重みあはれとぞ見る」（『忠岑集』）、「女郎花露重げなる花のえに心も知らぬ野辺の夕風」（『隆祐集』）。

○よそのたもとまでも露けく――もらい泣きの慣用表現。「藤衣よその袂と見しものをおのが涙を流しつるかな」（『続後撰集』一二五一番・藤原兼輔）、「君まさぬ宿に住むらん人よりもよその袂は乾くよもなし」（『栄花物語』巻九）、「あやなしや人を恋ふらむ涙ゆゑよその袂を今朝しぼりつる」（『頼政集』）、「ながむらん昔の跡を思ふにはよその袂も露はおきけり」（『拾玉集』五三七八番）。

✿少将の手紙を仲介した筑前であったが、返事はもらえないまますごすごと帰っている。そこで少将が姫君の様子を尋ねると、筑前は「をみなへしの露重げにて」云々と答えている。前に「二葉の小萩」とあったものが、姫君の成長とともにその形容が変わったようである。

ただし具体的にどのように美しいのかは不明。露が涙の比喩であるとすれば、薄幸の美女ということになる。

面白いことに、これに類似した表現が河内本『源氏物語』桐壺巻に、「女郎花の風に靡きたるよりもなよび、撫子の露に濡れたるよりもらうたく」とあり（青表紙本にはなし）、また『唐物語』にも「撫子の露に濡れたるよりもらうたく」と見られる。これは『住吉物語』からの影響が考えられている。

ところでここにさりげなく「ことのねかきならしておはしまし」とあることに留意したい。これが後に三の君と姫君が取り替えられていることを知る伏線になっているからである。

というより、琴を弾く姫君と琴を弾かない三の君という差異が明確に示されているからである。これによっても継母の娘と継子の姫君の比較が行われ、姫君の美質（優位性）が強調されていると読める。

◆九　立ち帰り

少将は「最初は手紙を差し上げても、すぐに返事はもらえないだろう。また手紙を持って行ってうまく取り計らっておくれ。姫君とのことが成就したら、この世の事と思えないほど嬉しく思うよ」といって、

繰り返しあなたのことをお恨みします。返事がもらえず辛いからといって、諦めてしまうような私ではないので。

と書いて、例によってお渡しになるので、筑前が姫君のところに持参すると、侍従は「経験がないことなので、お手紙はたいそうお辛そうにしていらっしゃるのがお気の毒で」などというと、筑前は「私も身分の低い人の手紙ならこんなことは申しません。可能性のない入内よりも、この少将との結婚の方が、かえってお似合いですよ。承るところ、入内は難しそうだとのこと。この少将殿は今の后の御兄弟ですので、すぐに出世なさるお

方です。御容姿はもちろんのこと、何においてもこの少将と同等の人は他にいらっしゃいません。私は姫君のために気がとがめるような縁談など進めたりはしませんよ」というと、侍従は「さあ、父中納言様も入内のことよりほかの事はおっしゃいません。並一通りの結婚はまったくお考えになっていないようです」と反論するのを、姫君は嬉しく聞いていらっしゃった。

❖「はじめは文参らせたりとも、さこそあらんずれ。なほ文まゐらせ、よきやうにたばかり給へ。此の事かなへたらば、此の世ならずうれしくこそ思はんずれ」とて、

　立ち帰りなをぞうらむるつらしとて思ひすつべきわが身ならねば　2

とかきて、例のちくぜんに給ひたれば、もちて参りたりければ、「ならはせたまはねば、いみじくわびしげにおぼしたる事のいとほしさに」などいへば、ちくぜん、「おのれもいやしき事ならば何しに申さんずるに、おぼえすくなき御宮仕よ

りは、このきんだちにおはしまさば、中々めやすき事にてこそ。承る様にては、其の御宮づかへの御事もかたくこそ。此のせうしやう殿は今の后の御せうとなれば、只今世にいで給はんずる人なり。御かたちよりはじめて、何はのことにつけてもひとしき人やおはする。御ためうしろめたきことをばいかでか」といへば、「いさや、中納言どのもうちまゐりの事よりほかにの給はず。なみなみならんさまにおぼしよらん事はよも」といへば、ひめ君うれしときゝゐ給へり。

○たばかり給へ―この語は継母側の悪計を象徴する語としてキーワード的に多出している。ここで少将が「たばかり」を口にするのは誤用か。「まめやかにはなほたばかれ」（『落窪物語』巻二）。

○例のちくぜん―筑前が「例の」を冠されて登場していることに注意。描かれざる部分において筑前が使者としてしばしば往復していたことを読み取るべきであろう。

○おぼえすくなき御宮仕―中納言の娘であれば入内しても更衣程度にしかなれない（実際は五節を考えている）。光源氏の母桐壺更衣は大納言の娘であった。後見人としての実母もなく、継母は内心大反対であるから一層不利であることを筑前は読んでいる。

○今の后の御せうと―后が皇子を儲ければ、将来天皇の外戚となって栄華を極めるコースである。同様の設定は『落窪物語』の道頼・『源氏物語』の鬚黒・『夜の寝覚』の権中納言・『忍音物語』の少将等に見られる。ただし少将に政治的な能力があるか否かが問題にされることはない。なお少将の妹が既に立后しているのであれば、姫君の入内は一層「おぼえ少なき」ことになる。また右大臣の娘が后という設定から、右大臣の父が政権を担当している可能性、后腹の皇子が既に立太子している可能性なども考えられる。

✿姫君から返事をもらえないが、少将は諦めずに再び「立ち帰り」歌を書いた手紙を託し、「よきやうにたばかり給へ」といっている。

ここで仲介役の筑前は、少将の将来性を力説している。これによれば、少将の妹は帝の后になっており、将来少将は出世して摂関にもなりうるとしている。また妹が後宮で厳然たる存在であることをほのめかすことにより、姫君の入内が無意味であると暗に述べているのであろう。

それに対して侍従は、中納言は姫君の入内（父が中納言であれば更衣としての入内か）を考えているので、それ以外の臣下との結婚、たとえ右大臣の息子の少将であっても考えていないとはねつけている。かなり強気である。姫君もこの時点では侍従の対応を喜んでいる。

姫君の入内は亡き実母の遺言であった。実母が娘の入内に何を期待しているのか不明だが、これを中納言(ちゅうなごん)は忠実に守ろうとしている。これによって姫君は少将の求婚を受け入れられないのであった。

「すみよし物語」(宝暦9年版)、国立公文書館蔵

◆一〇　筑前の裏切り

筑前は、「せめて一行の御返事でもいただければ」と催促すると、「こういったことは経験がないのでできません」といって、返事を書くそぶりも見せない様子なので、帰って少将に子細を話し申し上げると、少将は「そうであっても、とにかく再度申し上げてほしい。どうしたことか、このことがうまくいかないと、世に長らえる心地もしないので」といって物思いにふけりがちでいらっしゃる様子をみるのも気の毒で、其の後毎日のようにうかがって少将の気持ちを伝えたが、「行く水にかずかく」という歌の通り、どうにもならないままで行き来していると、継母がこのことをもれ聞いて、筑前を呼んで、「最近、姫君に手紙を遣わしているのは一体どなたですか」と尋ねると、しばらくは尋ねられたことに答えないでおりましたが、強いてお尋ねになったので、正直に「これこれ」と申し上げると、継母はこれを聞いておっしゃることには、「そんな高貴なお方は人から大事にされるのが当然である。誰かいい人と結婚させたいと思っていたところです。母もない姫君よりは、三の君が美しく成長していらっしゃるので、これは耳よりの話、相手を三の君に取り替えてください。そうしてくれればあなたのことを神仏のように有難く思いましょう」と心底から頼むので、さすがに断り切れずに、「本当に、何度も姫君に申し上げましたが、お返事がいただけないので、少将殿も私ばかりをお責めになるのも耐え難いことに思っていました。そうはいってもこの先進展もなさそうなのでどうしたものかと思っていたところです。ではそういたしましょう」というと、継母は喜んで褒美に白い袿一襲を、「これは三の君から」といって差し出しなさったので、喜んで、「それなら少将殿にはもとの姫君からとお知らせ申し上げましょう」と申したところ、継母は「よくぞおっしゃった。そういうことで進めましょう」といって喜びなさった。

❖ちくぜん、「一くだりの御返りにても給はらん」とてせめければ、「かやうのこともならはねば」とて、思ひはなちたるさまを見て、かへりつゝ、こまごまとかたり聞ゆれば、少将、「さこそあらめ。たゞなほも聞えさせよ。いかなるべきにか、此の事すゐなくは世にありふべき心ちもせねば」とて、うちながめがちにておはするを見るにも、其の後、日毎に行きてほのめかせども、行く水にかずかく心ちして、いひわづらひありくほどに、継母此の事をほのぎゝて、筑前をよびて、「このほどたいの君に文つかはすなるは、いかなる人やらん」ととへば、しばしはとかくあらがひ侍りけれど、あながちにとはれければ、ありのまゝに「しかじか」と聞ゆれば、継母これをきゝての給ふやう、「さやうの君達は、人にいたはられんとこそおぼすべけれ。母もなき人よりは、三の君のねびまさり給ふなるに、さるべきさまとおもふに、耳よりにこそ。たばかり給へかし。さらばそこをこそこの世ならず思ひ侍らめ」と心ふかくいひければ、さすがにいなみがたさに、「誠、たび〱きこえ侍れども、御返りも給はねば、せうしやう殿もちくぜんをのみせめさせ給ふもわりなく侍り。さりとても後まで申しえんことかたげに見ゆるも心ぐるし。さらばさもこそは」といへば、よろこびて白きうちき一かさね、「是は三の君の」とて出し給ひければ、よろこびて、「さらば少将殿にはもとの御心ざしの人なりとしらせ奉らん」と申しければ、「よくの給ひたり。そのよしにてこそは」とてよろこび給ひけり。

○ならはねば―敬語表現になっていないので、主語は侍従である。男からの恋文の最初は、一般的には姫君自身が返事を書かず、乳母又は主だった女房が代作するか、返事しないのが慣例であった。

○行く水にかずかく心ち―「水ニ画クニ随ッテ合ウガ如シ」(『涅槃経』)を典拠とした慣用表現。和歌のみならず様々な作品に引用されている。「水の上に数書くごとき」(『万葉集』二四三三番)、「ゆく水に数書くよりもはかなきは思はぬ人を思ふなりけり」(『古今集』五二二番、『伊勢物語』五〇段)、「数書くとかいふやうなれど」(『うつほ物語』菊の宴巻)、「かつ見つつかけはなれゆく水のおもにかくかずならぬ身をいかにせむ」(『拾遺集』八七九番、斎宮女御)、「はかなしやさても幾夜かゆく水に数書きわぶる鴛のひとり寝」(『新古今集』六五二番)、「水の上に数書き果つる心地こそすれ」(『和泉式部集』)、「水に数かゝむよりも跡なき心地」(『石清水物語』)、「行く水に数かく如し」(『小幡狐』)、「ゆくみづにかずかくなるべし」(『いわや物語』)。

○たいの君—継母は「姫君」と呼ばず「対の君」と呼ぶ。『落窪物語』の継母は姫君を「落窪の君」と呼んでいる。「対の君」は必ずしも「落窪の君」のように蔑んだ呼称ではないもののの、やや下に見たいい方か。

✲そうこうするうちに頻繁に出入りしている筑前に気づいた継母は、筑前を懐柔にかかる。まず手紙の主が誰かを問い、それが右大臣の少将の君だとわかると、三の君の方がふさわしいといって、手紙を三の君に届けさせる。

注目したいのは「たばかり給へ」である。この「たばかり」という言葉こそは、継子苛めに頻出するキーワードであった。

具体的には姫君に届ける手紙を三の君にすり替えることになっている。筑前にしても、姫君ではうまくいきそうもないと半ばあきらめかけていたので、継母の提案に乗ってしまう。継母は、筑前に褒美として「白きうちき一かさね」を与えている。すると筑前は「もとの御心ざしの人」として騙し通そうと持ちかけている。筑前は損得で裏切る信用できない女房だったのである。『住吉物語』では裏切る女房と裏切らない乳母が対照的に描かれている。

なお、継母の言葉に「母もなき人」とある。これは継子苛めの論理からすると、たとえ婿取りをしても、婿をもてなす力（経済力）がないということであろう。こうして少将は相手が取り替えられたことも知らずに、三の君と結婚することになる。一時的には継母の思うままになったのであるが、それがいずれ三の君を不幸にすることには思いが及んでいない。

◆一一　男君三の君と結婚

その後、筑前は少将殿のところへ参上して、「承諾を得ることは困難ですが、もう一度御手紙をいただいて申し上げてみましょう」というと、たいそう喜んで次のような歌を書かれた。

いつも煙が絶えない富士山の下には火が燃えているように、私の胸の奥でも恋の火が燃え続けています。

と書いて、筑前がそれを受け取って「少将殿の御手紙」といって継母に差し上げると、喜んで、「すばらしくお書きになっているものですね。この手紙の御返事を書きなさい」とおっしゃると、三の君は姫君宛てだということは知らずに、恥じらっている姿はたいそう美しくかわいらしい様子である。継母は硯と料紙を用意して「早く早く」と催促されるので、顔を赤めながら、富士山の煙というのでしたら頼みになりません。上の空に立ち昇るように、あなたのお心も浮ついているでしょうから。
と書いて結び文にしたのを、筑前は受け取って少将殿のところに行って、「姫君の御返事」といって差し上げると、少将殿は三の君の返事とも知らず、急いで開けてご覧になると、文字は子供っぽく見えたけれども、喜びなさることとこの上もない。それから何度も手紙のやりとりが行われた。姫君方の女房たちはこのことを漏れ聞いて、たいそう妙な成り行きだと思いあいなさっている。

そうこうするうちに、日を経ずして少将が通ってこられた。少将は相手が姫君と信じて三の君とお暮らしになった。幼さが残るのも道理と思いながら、昼もとどまって相手の顔をご覧になると、噂ほどではなかったものの、普通の人以上の器量だったので、通い続けなさった。父中納言も継母の計略を知らず、婿の少将と対面していろいろ隔てなくお話し申し上げていらっしゃる。継母の北の方は少将を婿として大事に世話をされることとこの上ない。

❖そのゝち、ちくぜんせうしやうどのにまゐりて、「申しえん事はかたく侍れど、いま一度御文を給ひて聞えて見ん」といへば、いとうれしくてかくぞありける。

　よとゝもにけぶりたえせぬふじのねのしたのおもひやわが身なるらん　3

とかきて、ちくぜん取りて「せうしやうどの御文」とて継母に奉れば、よろこび、「うつくしくもかき給へるものかな。此の御返り事したまへ」との給ひければ、三の君たばかれる事をばしらず、はぢしらひたる姿、いとめやすくいとほしき様也。すゞり・かみとり出して、「それ〳〵」とせめられて、かほうちあかめて、

　ふじのねのけぶりときけばたのまれずうはのそらにやたちのぼるらん　4

とかきてひきむすびたるを、ちくぜんとりて、せうしやうどのゝもとに行きて、「御かへり」とてきこゆれば、せうしやうたばかられるもしらず、いそぎあけて見給へば、手など幼なびれて見えけれども、よろこび給ふ事かぎりなし。又々もかよはしけり。たいの御かたの人々此よしほのぎゝて、いとをかしく思ひあひた

まへり。

かくしつゝ、日数もへずしてかよひ給ひける。せうしやう、何ごゝろもなくぞ過ごし給ひける。をさなきやうもことわりと思ひつゝ、ひるもとゞまりて見給へば、きゝしほどはあらねども、なべての人には侍らざりければかよひ給ひけり。中納言もたばかられるをしらず、せうしやうにあひてよろづ聞えあはせてぞ侍りける。北のかたもてなしかしづき給ふ事かぎりなし。

○よとゝもに―少将の歌。「思ひ」に「火」を掛ける。「女のもとにつかはしける　すみよしの関白」として『風葉集』八〇三番に出ている。富士の煙については、「富士のけぶりによそへて人を恋ひ」（『古今集』仮名序）、「人知れぬ思ひをつねに駿河なる富士の山こそわが身なりけれ」（『古今集』五三四番）、「よとともにもえゆく富士の山よりも絶えぬ思ひはわれぞまされる」（『古今六帖』）、「よとともに絶えぬ思ひの煙かなわが身は富士の煙ならねども」（『有房集』）、「限なきしたのおもひのゆくへとてもえんけぶりのはてやみゆべき」（『拾遺愚草』）などがある。当時、富士山は噴火していた。

○ふじのねの―「下の思ひ」を「上の空」でやりかえす。「上の空」は非歌語（『住吉物語』が初出か）。「かへし　按察大納言三君」（『風葉集』八〇四番）。「富士の嶺の煙と今は頼まれずうはの空にや立ち上るらん」（『松風村雨』）。

○何ごゝろもなく──騙されたことに気づかない少将だけでなく、三の君にも「何心なし」とある。「たばかり」を気づかない側に「何心なし」が用いられる。結婚相手の取り違えは、『うつほ物語』の上野宮事件・『源氏物語』の空蟬等に類型が見られる。「げにも彼等が計らひにてはあるべからず。昔、住吉の姫君のやうに取り違へてぞあるらめ」（『秋月物語』）。

○ひるもとゞまりて──結婚三日目の所顕が済むと、昼も妻の所に留まるようになる。明るい中で妻の顔をよく見るためである。「きゝしほどはあらねども」とあることで、姫君との違いがあらわされている。「其後はひるなどもわたらせ給へば」（『小夜衣』中）。

✲筑前はもう一度文をお書きくださいと少将を励ます。それを受け取った筑前は、姫君ではなく継母に手紙を渡す。継母はそれを三の君に見せ、返事を催促している。何も知らない三の君は言われたとおりに返事を書き、それが少将のもとに届けられる。

これで男女相互の意志確認が行われた。三の君の返歌に「頼まれず」と否定的な表現があるが、それはむしろ返歌の常套であり、大事なのは返歌をしたことそのものにある。

少将の感想として「手など幼なびれて」とあるが、少将は相手が取り違えられていることには気づかない。これを見てはらはらドキドキするのは読者である。

こうして男君は三の君のところに通いはじめた。少将も三の君も中納言も、継母と筑前に「たばかられ」ていることに気付かない。「をさなきやう」とあっても物語はそのまま進行していく。だがこの「たばかり」は、琴の音によって発覚することとなる。

「すみよし物語」(宝暦9年版)、国立公文書館蔵

◆一二　琴の音

寝殿の東側に三の君が住んでいらっしゃったので、少将はそこへ通う際に見る西の対は、趣があるように見えるので、『一体どんな人が住んでいるのだろうか』と心惹かれて日を過ごすうちに、少将は、秋の夜長に所在ない寝覚めをして、物悲しくしみじみとした夜中、寝室に近い庭の荻の葉にそよぎ渡る風の音も、毎夜毎夜通って来る心地がして、たいそう肌寒い頃、枕の下で一晩中鳴いているこおろぎの声も、なんとはなしに涙を催しがちな折節、爪音やさしい箏の琴の音がどこからともなく聞こえてきたので、『まあ驚いた。これはどうしたことか』と思って、枕を立ててお聞きになると、西の対から聞こえてくるとお思いになる。

常日ごろ趣深いと思っていたところなので、一層『どんな人が住んでいるのだろうか』と心を落ち着かせて頭を巡らしていらっしゃると、『私が手紙を出した姫君こそ琴を弾く』と思い出して、三の君に「琴の音をお聞きになっていますか」と尋ねると、「最初からしみじみと聞いています」とおっしゃるので、情趣を解する人だと思って、「これはどなたの琴の音ですか」とお聞きになると、「私の姉に当たる人が御弾きになられていみす」とおっしゃったので、「兵衛佐殿の妻ですか」とお聞きになると、「そうではなく、宮腹でいらっしゃる姉です。いつも無心に琴を御弾きになっています」と思慮もなくいうのもいとおしいが、心の中では、『呆れたことに騙されていたのだ』と思い、『対の姫君はこのことをどんなに馬鹿げたことと思っていることだろう。筑前はなんということをしてくれたのだ』と思って、後朝の時間になる前に帰って、筑前を召して恨み言をいいなさると、弁解のしようもなくきまり悪そうにしているのだった。「こうなったらなにをいっても仕方がない。このまま知らない顔で過ごそう。中納言の邸で決して何も申し上げるな」とおっしゃったので、筑前は顔を赤らめて、「どうして申し上げましょう」といって去っていった。

少将は三の君のこともいじらしいと思うものの、初志が貫徹されていないだけでなく、『噂にもなっていなかった三の君でさえこれほどなのだから、まして姫君はどれほどすばらしいのだろうか』と姫君のことが心惹かれておられた。

❖寝殿の東面に住ませければ、せうしやうすぎざまに西のたいをみれば、よしあるやうなれば、『いかなる人の住むにや』とゆかしくおぼしてあかしくらすほどに、せうしやう、秋の夜のつれ〴〵ながきねざめに、かなしく物あはれなるさよ中に、ねやちかきをぎの葉にそよぎわたるかぜのおとも、夜ごとにかよふ心ちして、いとはだざむきに、まくらの下に夜もすがらおとなふきり〴〵すのこゑも、其の事となきに涙をさへがたきをりふし、つまおとやさしきしやうのことのねそらにきこえければ、『あなゆゝし。こはいかに』と思ひて、まくらをそばだてゝ聞き給ひければ、西のたいにきゝなし給ひけり。

日ごろよしありてみるに、いよ〳〵『いかなる人にか』とこゝろをしづめて思ひ給ふ中に、『我がかたらひそめし人こそことをば弾くとき丶しか』と思ひて、「是をき丶給ふにや」ととへば、「はじめよりあはれにき丶つる」とのたまへば、心ありと思ひて、「これはいかなる人のことのね」ととひ給へば、「我があねにて侍る人のひき給ふなり」とのたまひければ、「ひやうゑのすけどの丶か」ととひ給へば、「さにはあらず。宮ばらにておはするなり。つねにこ丶ろをすましてことをひき給ふなり」と何ご丶ろもなくかたるもいとほしながら、こ丶ろのうちには『あさましくたばかられにける物かな』と思ひつ丶、『たいのかたにいかばかりをこがましく思ふらん。ちくぜんが口惜しさよ』とおもひて、あけもはてねど出て、筑前をよびよせてうらみ給ひけるに、いひやるかたなくかたはらいたく思ひてぞありける。「いまはいふかひなし。なほしらぬかほにてすぐさん。あのあたりにてあなかしこ聞えさすな」との給ひければ、ちくぜんかほうちあかめて、「何しにか」とてぞ立ちにける。

少将は三の君をもあはれとおもひながら、おもひそめてし事のすゑなからんのみにあらず、『さして聞こえざりし人だにもかほどこそ侍れ。ましていかならん』

とゆかしくぞ思ひ侍りける。

○しんでんの東面―姫君のいる西の対より寝殿の方が格が上。恐らく中の君は東の対にいるのだろう。継母は三の君を中の君や姫君よりも大切にしていることになる。
○秋の夜の―「寝覚め」は、眠ろうとして眠れず、目が覚めている状態。新婚早々の少将の心情としては考えにくい面がある。そのためこの描写は、本来は姫君側の心象であったものが、改作の過程で少将側へ移ったと見る説もある。なお少将が初めて姫君に贈った歌は「初時雨」であったから、ここに「秋」とあるのは一年の経過を想定せざるをえない。
○きり〴〵す―蟋蟀。現在のこおろぎとされるが、基本的には漢字「蟋蟀」の和訓による相違であり、また雅語（歌語）と俗語（非歌語）の同物異名とも考えられる。
○しやうのことのね―三の君のもとに少将が通っているにもかかわらず、姫君が琴を弾くというのは設定としてやや奇妙である。姫君は少将に聞かれることを承知の上で、それでも琴を弾かざるをえない程に感傷的になっているのであろうか。もっともここで少将が琴の音を聞かなかったら、継母のたばかりは発覚しない。「ひく物は。しやうのこといとめでたし」（『枕草子』）、「あやしう昔より箏は女なむ弾きとる物なりける」（『源氏物語』明石巻）。落窪の姫君も同様に琴を上手に弾く。「琴いとなつかしう弾き臥し給へり」（『落窪物語』巻二）。
○まくらをそばだてて―枕を縦にして頭を高く持ち上げる所作。白楽天の詩を菅原道真が引き、さらに『源氏物語』など多くの作品に引用されている。「遺愛寺ノ鐘ハ枕ヲ欹テテ聴ク」(『白氏文集』巻一六)、「枕を欹てて閑窓に臥すとき」(『菅家文草』石泉)、「枕を欹てて帰り去らむ日を思ひ量らふに」(『菅家後集』聞旅雁)、「枕をそばだてて四方の嵐を聞きたまふ」(『源氏物語』須磨巻)、「枕をそばだてて、ものなど聞こえたまふ」(『源氏物語』柏木巻)、「向かひの寺の鐘の声、枕をそばだてて」(『無名草子』)。

○ことをば弾く—琴は常に姫君と一体化しており、これによって少将は結婚相手が姫君でないことを知る。それは少将自身にも音楽の素養があるからだ。

○何ごゝろもなく—この何心ない三の君の返事によって、最終的に三の君は捨てられることになる。直前の「心あり」と対応している。『住吉物語』において、「何心なし」は決してプラス要素ではなく、むしろ雅びに反するマイナス要素となっている。

✲寝殿の東という住まいは、嫡妻腹の三の君を優遇しているからであろう。それに対して姫君は西の対に住んでいる。寝殿よりは格が落ちるが、西の対の姫君は物語のヒロインにふさわしい設定ともいえる。

ある秋の夜、箏の琴の音が聞こえてきた。これがたばかりの謎を解くヒントである。ただしすぐにピンときたわけではない。妙に思った少将は三の君に尋ね、その何心ない返事を聞くことでそれと察している。ここで三の君は「何心もなく」宮腹の姫君のことを語ったわけだが、この「何心なし」というのは無邪気というよりも思慮分別(しりょふんべつ)に欠けるというマイナス評価を含んでいる言葉である。

少将は三の君のことも嫌いではないが、最初に思い初めた姫君のことを諦(あきら)めきれない。ここから少将の長い苦悩が続くことになる。継母にしても、三の君のために善かれと思ってしたことだが、それが結果的に娘を不幸にすることになるのである。

★6　シグナルとしての琴の音

『住吉物語』における琴は、姫君と継母腹の娘の素養の違いとして機能している。むしろ物語のヒロイン性は、皇族の血筋・光輝な美・琴の才によって保証されていた。それは宮腹の姫君と、成り上がりの三の君との顕著な違いといえる。

これまで少将は、まさか相手の女性が取り替えられているとは夢にも思わず、せっせと三の君のところに通ってきていた。もし少将が姫君の側近である侍従の存在に気づいていれば、姫君かどうかはすぐにわかったはずだが、なにしろ筑前を頼みの綱としていたので、いとも簡単に騙(だま)されてしまったのである。

ここに来て琴の音が聞こえてきたことで、ようやく姫君が琴を弾くとあったことを思い出し、少将ははっとする。前の八章で筑前が「ことのねかきならしておはしましし」と語っていたのが伏線だったのだ。そこで三の君に誰が弾いているのかと尋ねたところ、「何心ない」三の君は、正直に自分の姉だと答えている。それこそ異腹（宮腹）の姉であった。三の君の返事により、少将は結婚した相手が当初思っていた姫君ではないことを知ってしまったのだ（継母の娘は二人とも琴を弾かない）。

実は姫君は亡き母から琴を教わっており、琴は母の形見であり姫君を守る霊力が宿っていると読める。また琴は姫君の分身であり、姫君の存在証明でもあった。だからこそ住吉にまで持参しているのであり、住吉でも琴のシグナルによって少将を姫君のいるところに導いているのである。

なお琴の霊力に関しては、『落窪物語』でも同じように姫君を守護している。

◆一三　甲斐のしらね

『なんとか姫君を拝見したい』と思い続けているうちに、季節は冬になった。『なんとか侍従に伝えたい』と思って、自分の心の内を手紙にお書きになって、直衣の腰に挟んで、雪がたいそう降った日、うろつきまわって蔀の傍に立ち寄って聞くと、廂の間の端近くに膝行されて、「趣のある周囲の梢ですこと。雪が花に見えてどれが梅か区別できません」といって笑う声の中に、もう少し小声で、琴を弾きながら、「甲斐の白嶺が思いやられます」と詠じた人があった。『今のが姫君か』と胸がどきどきして、我慢できずに蔀を叩くと、『変ですね、誰でしょう』と侍従が思って見ると、少将がお立ちになっている。侍従は驚いて戻ろうとする、その侍従の裳の裾を踏んで結び文をお渡しになって、少将は「何かと人目がはばかられるので」といってお帰りになった。奇妙に思って『どんな手紙なのか』と

中を見ると、

　白雪が降るではありませんが、あなたとのことは世に経る甲斐のないことになりました。それでも思いを消すことはできずに悲しんでいます。

と書いていらっしゃったのを、侍従が姫君に「これこれ」と申して渡すと、さすがにかわいそうに思うものの、「三の君と結婚する前でも少将に惹かれていたわけではありません。今はまして人聞きがよくないので、決して心を寄せることはありません」とおっしゃった。

❖『いかでか見奉らん』など思ひわたるほどに、冬にも成りにけり。『侍従にいかで物いはん』と思ひて、おもふほどの事共かき給ふて、なほしのこしにさしはさみて、雪のいみじうふりたる日、たゝずみありきて、しとみの元にたちよりてきけば、はしちかくゐざりいで給ひて、「をかしき四方の木末かな。いづれを梅とわけがたくこそ」と云ひてうちわらふ中に、今すこししのびたるこゑにて、ことかきならして、「かひのしらねを思ひこそやれ」といひてけり。『是なん姫君か』とむねうちさわぎて、しのびかねつゝしとみをうちたゝけば、『あやし、たれならん』と見れば、少将たち給へり。じゞうあさましく思ひて帰りなんとする、ものすそをひかへてむすびたる文をやり給ひて、「よろづ、人のつゝましきに」とてかへり給ひにけり。あやしく『いかなる文か』とみれば、

　しら雪の世にふるかひはなけれども思ひきえなん事ぞかなしき　5

とかき給ふを、侍従とりてひめ君に「かく」と申せば、さすがにあはれに思ひながら、「よそなりしそのかみだにも思ひよらざりし。今はいよ〳〵人聞き見ぐるし。ゆめ〳〵」とぞの給ひける。

○侍従に――少将と侍従の直接のやりとりはここが初めてである。もし前から知っていたとすれば、三の君との取り違えもなかったはずである。少将がいつ侍従のことを知ったのかは不明。少将は姫君に接近するために、まずその侍女と親しくなろうとしたのであろう。

○いづれを梅とわけがたくこそ――引歌。「雪降れば木毎に花ぞ咲きにけるいづれを梅とわきて折らまし」(『古今集』三三七番)。

○かひのしらねを思ひこそやれ――「甲斐の白根」は山梨県の白根三山のこと(歌枕)。「白」

から雪が連想されることが多い。「こゝにだにかばかり凍る年なれば甲斐の白嶺を思ひこそやれ」（『好忠集』）、「よもすがら降りつむ雪のたかければ甲斐の白根を思ひこそやれ」（『承保三年経仲歌合』）、「いづかたと甲斐のしらねは知らねども雪降るごとに思ひこそやれ」（『後拾遺集』四〇四番）。

○しら雪の――「ふる」「きえ」は「雪」の縁語。また「ふる」に「降る」と「経る」を掛け、「かひ」に「甲斐」と「効ひ」を掛ける。姫君の言葉を受けて「甲斐」を詠み込んでいる点、少将の持参した結び文としては不審。偶然の一致とすれば、それによってますます思いがつのる。「かくしつゝ世にふるかひはなけれども跡をばつけつ関の白雪」（『新葉集』四九四番）。

✻ここでも姫君は琴を弾いている。物語はあくまで姫君と琴を一体化させているようである。言い換えれば琴は姫君の象徴・分身ということになる。

さらにここでは琴だけでなく、姫君の声までも少将に聞かせている。居ても立ってもいられなくなった少将は、無理やりに手紙（恋文）を侍従に渡す。これから当分の間、このパターンで物語は進行する。『落窪物語』では比較的早期に少将と姫君は結ばれているが、『住吉物語』は物語の末尾近くまで結ばれることはない。少将は大変な恋の道のりを歩かされることになる。

◆一四　嵯峨野逍遥

　そうこうするうちに、年が改まった。正月十日を過ぎた頃、中の君が「嵯峨野の春の気色はすばらしいことでしょう。こっそり見に行きましょう」などと誘ったので、おのおの「そうね」などといってお出かけになった。侍者も親しい者をお供に連れていった。網代車三台で、一台には姫君、二台目には中の君と三の君、もう一台には若い女房や下仕えの女が衣褄をきちんと出して乗っていた。

　少将はこれをちらっと聞いて、嵯峨野へ先回りして、松原に隠れて見ていると、一行の牛車が到着して近くへ並べられた。下級の雑役や牛飼童は遠くに退かせて、侍者二、三人ほど近くへ控えさせて、女房や下仕えなどは牛車から下りて、小松を引いて遊んでいた。姫君たちは牛車の下簾を上げたので、はっきりではないもののほのかに見えた。

❖かくしつゝ、あらたまの年もかへりにけり。正月十日あまりのころ、中の君、「さが野の春のけしきをかしかるらん。しのびつゝみん」などいざなひければ、おの〳〵「誠に」などいひて出で立ち給ける。さぶらひもうちゆりたりけるをぞ御ともに参りける。あじろ車三両、一りやうにはひめ君、今一りやうには中のきみ・三のきみ、一りやうにはきぬづまきよげに出してわかき女房・下づかへなどのりたりけり。

　せうしやうほのきゝて、さが野へさきにゆきて、松ばらにかくれゐて見れば、此の車ども近くやりよせて立ちならべたり。ざうしき・うしかひなどをばとほくのけて、さぶらひ二・三人ばかり近くよせて、女房・はした者などくるまよりおりて、まつひきあそびけり。ひめ君たち車のすだれあげたれば、たしかならねどほのかに見ゆ。

〇さが野――この嵯峨野逍遥場面のみ、『芥川草紙』という別名で独立しているものがある。それは祝儀性があるからだろう。ただし松の名所でもない嵯峨野がなぜ選ばれているのかは不明と言わざるをえない。嵯峨野は多く秋を文学的背景としていることとも抵触する。また隠棲地でもあった。さらに嵯峨野は元慶六年以降禁野となっている（『日本三代実録』元慶六年十二月廿一日条）。嵯峨野の松と琴と子の日の三つを全て満たすものとしては、『斎宮女御集』をあげることができる（成立と絡めて重要資料と考えられる）。「同じ野宮にて、琴風にかよふといふ題を　琴の音に峰の松風かよふらしいづれの緒より調べそめけん　松風の音に乱るる琴の音をひけば子の日のここちこそすれ」（『斎宮女御集』一〇六・一〇七番）、「野・山の中にはいづれか面白き。仲頼奏す、近きほどには嵯峨野・春日野」（『うつほ物語』吹上下巻）、「野は、嵯峨野、さらなり」（『枕草子』）、「野をよまば、嵯峨野・かた野・宮城野・春日野などよむべし」（『能因歌枕』）。

○まつひき──子の日の小松引きは長寿を祝う行事。嵯峨野近郊における子の日の逍遥としては、寛平八年閏正月六日に行われた宇多天皇の北野雲林院行幸が有名である（『日本紀略』）。用例的に船岡や紫野の小松引きは多いが、嵯峨野の例は見当たらない。また資料に見えるのは男性中心の公的記録ばかりであり、こういった私的な女性の記録はほとんど見当たらない。小松を引くのは身分の低い者であり、姫君達はそれを見ているだけである。

✻正月の嵯峨野逍遥は、物語前半の大きな山場となっている。おそらく三の君から嵯峨野逍遥の情報を得た少将は、先回りして嵯峨野で姫君一行を待ち受け、牛車から降

土佐長隆筆「住吉物語」東京国立博物館蔵、ColBase(https://colbase.nich.go.jp/)

りる姫君の美しい姿を垣間見ることになるからである。その際、三姉妹の「美人くらべ」も展開している。ここは『住吉物語』の中でもっとも絵になるシーンである。

なお嵯峨野で子の日の小松引きが行われているが、これは斎宮女御の歌と関わっているのであろう。ここで姫君達を垣間見た少将は、ますます姫君に恋心を燃やすことになる。

◆一五　美人くらべ

少将がうまく隠れて見ているのも知らないで、女房たちは、「たいそう風情のある嵯峨野の景色を御覧ください」「牛車から下りてもみっともないことはありません」「いろんな草が萌え出ています」「心惹かれます」など申し上げると、中の君が牛車からお下りになった。紅梅襲の上に濃い綾の袿をお召しになっている。しずしずと歩き出しなさった姿はたいそう上品で、髪は袿の裾と同じ長さであった。続いて三の君がお下りになった。花山吹襲の上に萌葱の袿を着ている。その場に似合っている様子は中の君より少し優ってお見えになった。

姫君はすぐにはお下りにならないので、「早く」と催促したところ、侍従が近くへ寄って、「二人はお下りになっているのですから、姫君もお下りくださいと申し上げるとお下りになった。桜襲の御衣に紅の単袴を踏んでしずしずとお歩きになるお姿はたいそう高貴で、髪は袿の裾に豊かに余っており、その美しさは絵に描いても筆も及ばないほどでいらっしゃった。少将は垣間見申し上げて、『この世にはこんなにすばらしい人もいらしたのだ』とお思いになって、大きな松の木の下に隠れていらっしゃったのだが、それを姫君がお見つけになって、顔を赤くして急いで牛車にお乗りになるにつけても、分別をわきまえている様子である。他の人々も慌てて隠れる様子も、好ましいものであった。

❖少将よくかくれ見るをもしらず、女房ども、「いとをかしき物のけしき御らんぜよかし」「見ぐるしくも侍らず」「さま〴〵の草どももえ出たり」「なつかしく」など聞ゆれば、中のきみおり給へり。こうばいの上にこきあやのうちききたまへり。さしあゆみ給へる様いとあてやかに、かみはうちきのすそにひとしかりけり。次に三の君おり給へり。花やまぶきの上にもよぎのうちきなり。ありつかはしきさまはすこしまさりてぞ見えたまへる。

ひめ君はとみにもおり給はぬを、「いかに」とせめければ、侍従さしよりて、「いかに、人をばおろし参らせて」と申しければおり給へり。桜がさねの御ぞにくれなゐのひとへばかまふみしだき、さしあゆみ給へる御姿いとけだかく、かみはうちきのすそにゆたかにあまりて、うつくしさ絵に書くとも筆もおよびがたくぞ見え給ひける。せうしやう是を見参らせて、『世にはかくめでたき人も侍るにや』とおぼして、大きなる松の下にかくれゐ給へるを、このひめ君しもみつけ給ひて、かほうちあかめていそぎ車にのり給へるにつけても、こゝろあるさまなり。おの〳〵さわぎかくれあへるやうもあらまほしきほどなり。

○中のきみおり給へり―野遊びに行く提案者も、最初に牛車から降りるのも中の君であった。それが『住吉物語』における中の君の役割であろう。なお中の君と三の君は同じ牛車に乗っており、その点二人が一体として構想されていることが察せられる。

○こうばいの上に―以下、いわゆる美人比べとなる。一般には最後に描かれる人が最上となる。ここも中の君・三の君・姫君の順に美しさが増していく。それは必ずしも年齢順ではなかった。ただし中の君・三の君は継母の娘として一体化され、姫君との対比にウェイトが置かれている本もある。

○桜がさね―中の君も三の君も初春にふさわしい袿を着ている。姫君も桜襲の袿であれば問題ないが、どうやら藤襲本文の方が古態のようである。というのも季節はずれの衣装によって継子苛めとして機能しているからである。「ふぢかさね」（成田本）、「ときならぬふぢかさね」（御所本）。「梅」（チェスター・ビーティー本）。

○ふみしだき―これは雅な女性のしぐさではなく、男性的な動作である点、中世的改作かと思われる。「ふみくくみ」（野坂本）、「水の流れどもを踏みしたく駒の足音」（『源氏物語』椎本巻）、「いと長やかに踏みしたかせ給ひて」（『大鏡』）。

○絵に書くとも筆もおよびがたく―ここで少将は初めて姫君の顔を見る。それが後の住吉における邂逅場面で再び想起されることになる。「絵にかきおとりするもの。物語にめでたしといひたるをとこ・女のかたち」（『枕草子』）、「絵に描ける楊貴妃の容貌は、いみじき絵師といへども、筆限りありければ、いとにほひすくなし」（『源氏物語』桐壺巻）、「絵にかくとも、筆も及ぶまじ」（『栄花物語』暮れまつほし巻）、「絵にかかむに、筆及びなむやとぞ見ゆる」（『夜の寝覚』巻三）、「絵にかきても及ぶべき方なうおもしろし」（『更級日記』）、「絵に描くとも筆及ぶべくもあらず」（『とりかへばや』巻二）、「絵にかくとも筆も及び難く」（『秋夜長物語』）、「絵にかくとも筆にも及びがたし」（『鼠の草子』）。

✲車から降りる順は中の君・三の君・姫君である。それがそのまま美人較べの順序にもなっている。三の君より中の君が先なのは、姉としてのリーダーシップでもあろうが、それだけでなく三の君の方が中の君より美人であることを自ずから告げていることになる。

　中の君は紅梅の上に濃き綾の袿で、髪は袿の裾に等しい長さとある。次の三の君は花山吹の上に萌葱（もえぎ）の袿で、髪の長さは書かれていない。ただし御所本では「御ぐしは同じく」とあり、中の君と同じ長さにしている。美しさは「すこしまさりてぞ見えたまへる」とあって、中の君より上になっている。最後の姫君は、なかなか牛車から降りないところも美点の一つである。桜襲の御衣に紅の袴で、髪は袿の裾に豊かに余っている（長い）とある。最後に「うつくしさ絵に書くとも筆もおよびがたく」とあって、明らかに姫君の美しさは前の二人を圧倒していた。主役は最後に登場する。

★7 「藤襲（ふじがさね）」に注目

美人較べでは、少将の目に読者が同調して三人の美しさを比較する。そのポイントは着物の柄・容姿・髪の長さなどである。ここで注意すべきことがある。それは姫君の着ている「桜襲」に「藤襲」（成田本）という本文異同が存することである。というより、古くは「藤襲」であったものが、後に「桜襲」や「梅襲」に改訂されたと考えられる。もちろん「桜襲」も正月（春）の衣装としてふさわしいとはいえないが、「藤襲」となると初夏の衣装であり、明らかに季節外れになってしまう。興味深いことに、古態を残している本ほど「藤襲」本文になっていることが知られている。新しい本ほど「藤」が季節にふさわしくないと判断してか、「桜襲」に訂正しているようである。

　中には「例ならぬ藤がさね」（資料館本）・「時ならぬ藤襲」（御所本）・「なさぬ中のあはれさは時ならぬ藤がさね」（国会本）とする本文もある。これをそのまま受け取ると、姫君には季節に合った衣装のセンスがないことになりかねない。実はそうではなく、これこそ継子苛めの露出であり、季節に合う衣装を誂えることができない姫君の苦しい経済状況を露呈していると読むこともできそうである。

　ところが改作本『住吉物語』では継子苛めの要素が薄まり、季節外れの「藤」とあったものが、いつの間にか無難な「桜」に書きかえられたと見たい。継子譚から婚姻譚に変容する中で、継子譚的要素が排除・希薄化されているのである。

◆一六　嵯峨野の松

少将がおっしゃることには、「嵯峨野の景色を見たくて逍遥しているところへ、牛車の音が聞こえましたので、『おかしい、一体誰だろう』とこっそり立っていると、心中での信仰心があれば必ずご利益があるというのでしょうか。みなさんとお会いできてこんなに嬉しいことはありません」といって、

春霞が隔てていますが、野辺に出て今日は松の緑を見ることができました（いつもは見られないみなさんの姿を見ることができました）。

と声を出して詠みなさったので、中の君は姫君に「返歌を」と申し上げると、「そちらで返歌してください」とおっしゃり、互いに譲り合いなさっているので、中の君が、

この片岡の松ではありませんが、あなたが待っているとも知らないで、

うかうかと春の野にやってきたことが悔しくてなりません。

と返歌すると、少将殿は、

あなたと私は野辺の小松を無視していますが、ここに来て小松を引かないで帰っていいものでしょうか。一緒に小松を引きましょう。

といって、「今度は姫君に返事を」と申し上げなさったが、つまらない外出をして少将に見られたことをつらいとお思いになって横を向いていらっしゃるのを、みんなが「どうして返事をなさらないの」と催促なさったので、返歌をしないとすげなく知らんぷりしているように見えるので、姫君は、

小松には手も触れないで今日は帰りましょう。人見の岡の松にあなたが待って見ていたのが辛いので。

とおことわりなさったので、少将はいよいよ我慢できなくなって牛車のすぐ近くに寄りなさって、「いまさらどうしてお隠れになるのですか。無駄なことです」と申し上げると、中の君は、「牛車からは少将殿の妻である

三の君お一人がお下りなさい。それ以外はとても。したり顔でおっしゃることですね」というと、少将は笑って、「大げさな姉妹の争いですね。よくそんなことをおっしゃいますね。きっと夫の兵衛佐殿に物争いの気持ちがおありなのでしょう。気になりますね」などと冗談をおっしゃっていたのも、本心は姫君に意中をほのめかしたい一心であった。

❖せうしやうの給ふやう、「さが野のゆかしさにあそびつる程に、車の音のし侍りつれば、『あやし、誰にか』とて立ちしのびたる程に、かくれたるしんあればあらはれてのりしやうとかや。参りあひたるうれしさよ」とて、

　春霞たちへだつれど野邊にいで、松のみどりをけふみつるかな　6

とてうちずんじたまへば、中のきみはひめ君に「それ」と聞ゆれば、「そなたにこそ」とのたまへば、たがひにいひかはし給ひて、中の君、

　かた岡のまつともしらで春の野にたちいでつらん事ぞくやしき　7

とあれば、少将どの、

君とわれのべの小松をよそにみてひかでやけふはたちかへるべき 8

とて、「此のたびはひめぎみに」と聞え給へ共、よしなきありきをして見えつる事をかなしくおぼえて打そばみておはするを、「いかで、など」とせめさせ給へば、御返り事なくてもむげにしらぬ様に覚えて、ひめ君、

手もふれでけふはよそにて帰りなんひとみのをかのまつのつらさよ 9

と云ひけち給ひければ、せうしやういよ〳〵しのびがたさに車のきはに立ちより給ひて、「何かくれさせ給ふらん。かひも侍らじ」ときこゆれば、なかのきみ、「くるまよりはせうしやう殿の一所こそおりさせ給ひつれ、よの人はいつかは。しりけりがほにもの給ふものかな」といへば、少将うちわらひて、「ゆゝしき御物あらそひかな。御口きよさよ。いかに兵衛のすけどのに御ものあらがひのあるらん。うしろめたさこそ」などたはぶれ給ひけるも、たゞひめ君にこそとけしきばみ給ひにけり。

○春霞―「松の緑」は姫君たちの比喩。姫君たちを見たということ。「音にのみ聞き渡りつる住吉の松の千歳をけふ見つるかな」（『拾遺集』四五六番）。

○かた岡の──少将が待っているとも知らないで野に立ち出たことが悔しい。ここは歌枕で有名な奈良の片岡ではなく、京都の地名であろう。上賀茂神社東南の岡か。あるいはならびの岡の対か。『八雲御抄』巻五「岳」では「かた（只かた〳〵のをかの心にてもあり。其所可尋）」とある。「松」に「待つ」をかける。「片岡の森の木陰に立ぬれてまつとも知らぬほととぎすかな」（『後鳥羽院御集』）。

○君とわれ──せっかくなので一緒に小松をひきましょう。「子の日してしめつる野べの姫小松ひかでやちよのかげを待たまし」（『新古今集』七〇九番）。

○手もふれで──あなたが待っていて私たちを見たのが辛いので。姫君の初めての返歌。人見の岡は地名と人が見るを掛けているが場所は不詳。嵯峨野近辺の地名とするのが妥当か。造語の可能性もある。「岡は…人見の岡」（『枕草子』）。『枕草子』の記述にしても、『住吉物語』の影響を受けているとも考えられる。

✻少将は三の君から情報を得ていたとはいわず、偶然嵯峨野で出会ったことにしている。そして三の君の夫である立場を活かして、姫君達に歌を詠みかける。この場合、一対一のやりとりとは違って、逍遥における遊び（唱和）のようなものだから、女性達も気楽に歌を返している。

真っ先に少将に対応するのが中の君である。これは姉妹の中でリーダーシップをとっているのだろう。そして躊躇しながらも姫君が歌を詠んでいる。これは少将の作戦勝ちであろう。

そのため姫君も断りきれず、初めて少将に歌を返した。もちろん内容は拒否の歌になっている。

◆一七　松の緑

少将殿は何度も歌などをお詠みになった。

長い間思いをかけていた片岡の松の緑は新年を迎えてますます緑の色が深くなった（姫君への思いも深くなりました）。

と歌うと、中の君が

たいして時間も経っていないのにどういうわけで松の緑に思いをかけつつ月日を過ごすとおっしゃるのでしょう。

三の君も同じくこのように歌った。

千年までもと思いをかけた松なので緑の色も深いのですね。

姫君も慎ましく思いながら、

子の日に春霞に立ち混じって小松が原に日が暮れるまで過ごすことです。

牛車から下りなさって逍遥なさる御様子を拝見なさるにつけて、少将は、この世にどれほど生き長らえていられるのかもお分かりにならないほど、辛くて人目もわきまえぬほどにお悲しみになった。

そうこうするうちに、日も暮れてきた時に、鶯が鳴いたので、初音を珍しいものと聞いて三の君は、

　私の家にはまだ訪れて鳴かない鶯が鳴いているこの野辺にもっと長くいたいことです。

中の君は、

　初音は珍しいけれども鶯（憂くひず）の鳴く野辺なので、さあ帰りましょう。

と申し上げると、少将は次のように詠じた。

　鶯の初音は今日聞きました（姫君たちの声も聞きました）。鶯は谷の入口を出てどれほどの歳月を経ているのでしょうか。

とおっしゃって日が暮れるまで逍遥して過ごしたけれども、それぞれお帰

りになったので、少将は姫君のお姿をご覧になって、その姿がそばを離れないように思えたので、ここで日を暮らしたいと思いなさったけれども、どうしようもなくてお帰りになった。

❖せうしやうどの、たび〳〵うたなどよみ給ひけり。

　としをへておもひ初めてしかたをかのまつのみどりはいろふかく見ゆ　10

とあれば、中のきみ、

　ほどもなき松のみどりのいかなれば思ひそめつゝとしを経ぬらん　11

三のきみもおなじくかくなん。

　ちよまでと思ひそめけるまつなればみどりのいろもふかきなりけり　12

ひめ君もつゝましながら、

　ねのひして春の霞にたちまじりこまつがはらに日をくらすかな　13

車よりおり給ひてあそび給ふ御ありさまを見参らせ給ふにつけても、せうしやう、この世にいかにながらへて有べし共おぼえたまはず、心うくて人目もしらぬほどにぞかなしみ給ひける。

さて、日もくれがたになりにけるに、うぐひすのなきければ、はつねめづらしくきゝて、三の君、

わが宿にまだおとづれぬうぐひすのこゑする野邊にながゐしつべし　14

中の君、

はつこゑはめづらしけれどうぐひすのなくのべなればいざかへりなん　15

と聞ゆれば、せうしやうかくなん、

はつこゑはけふぞきゝつるうぐひすの谷のといでゝいく世へぬらん　16

との給ひてあそびくらしつゝ、かた〴〵帰り給へば、少将ひめ君の御ありさまを見給ひて身にそふ心ちして、こゝにて日をくらしたく思ひ給へ共、ちからなくてかへり給ひけり。

○としをへて──表向きは松の緑による祝いの歌だが、裏の意味は姫君に対する積年の思いの吐露になっている。

○ほどもなき──少将の「としをへて」を「ほどもなき」とやりかえしている。中の君は少将

の真意を理解していない。

○ちよまでと—少将の歌意を誤解して、三の君は妻の立場から少将の歌に合わせているのであろう。「千とせまで色やまさらむ君がためいはひそめつる松の緑は」(『新勅撰集』四五七番)。

○ねのひして—「子の日」に「根延び」が掛けられている。「小松が原」という地名は不詳。

○うぐひすのはつね—立春もしくは新年に初めて聞く鶯の声を「初音」という。

○わが宿に—三の君は鶯に掛詞「憂」を意識していない。なお御所本は詠者を中の君としている。最初に詠む人物としてはむしろ中の君の方が自然か。

○はつこゑは—この歌のみ鶯に「憂」を掛けており、やや違和感がある。なお御所本は詠者を三の君としているが、姫君でもよさそうである。「心から花のしづくにそほちつつ憂くひすとのみ鳥のなくらむ」(『古今集』四二二番)。

○ちからなくて—男主人公の弱い立場を象徴した表現。『忍音物語』や『石清水物語』にも同様の表現が見られる。

✿気をよくした少将は何度も歌を詠みかける。今度は三の君が返し、続いて中の君、そして姫君が返している。これは唱和の形式でもある。

さらに日暮れ方に鶯の初音が聞こえたので、また少将が歌を詠みかける。これに三の君・中の君は答えているが、今回は肝心の姫君の返歌はなかった。ただし中の君の返歌には「鶯」を「憂く干ず」（辛くて涙が乾かない）と掛けているので、これを姫君の返歌と見ることもできなくはない。

少将にしてみれば、姫君の姿を垣間見ただけでなく、歌のやりとりのなかで姫君の声（鶯の初声）も聞いているのだから、それなりの収穫はあったことになる。最後に「力なくて」とあるように、これ以上の進展は難しかった。

◆一八　男君の嘆き

日数が経つにつれて少将は心が乱れて、『どうすればいいのか』と悲しまれるばかりで、例によって対の御方のところに佇み、侍従に会って、「情けないことに筑前たちに騙されて、このように思い悩んでいるのはどうにも辛くてなりません。姫君はなんと馬鹿なことをとお思いだったでしょう。消え失せてしまいたいのですが、そうはいっても人の身は捨てがたいものです」などといって涙ぐみなさって、「今となってはどうにもなりません。せめてただ一言姫君に申し上げたいことがあります。これを御覧に入れてください」などと何度もおっしゃったので、侍従は、「前々も申しあげることができなかったことです。いまはもっと難しい仰せです」というと、「どうかお願いです、一回だけでもお返事をいただいたら、この世の思い出にしようと思います」と申し上げると、『それも叶いそうもありません』と思うが、断りにくくて度々姫君に取り次いだけれども、叶わなかった。

そうこうするうちに、少将は思いあぐんで神仏におすがりなさった。三の君のところへは行きたくないが、思い余ったら侍従に会って心を慰めることができるし、西の対の様子を見なくなることが辛いので、いつものように通って、宵や暁に対をお通りなさる際、たいそうしみじみとした古歌を趣ある声で歌いつつ、涙に濡れた袖を絞るばかりにして行き来なさった。

❖日数ふるまゝに思ひみだれ、『いかにせん』とのみかなしみ給ひて、れいのたいの御かたにたゝずみより、侍従にあひて、「あさましく人々にたばかられて、かゝる物思ふ事のわりなさよ。いかにをかしとおぼしけん。きえもうせまほしけれども、さすがにすてやらぬものは人の身に」などゝてうちなみだぐみ給ひて、「今はいかゞ。たゞ一こと聞えさすべき事の侍るなり。是御らんぜさせよ」などたびたびの給ひければ、じゞう、「むかしだにもきこえわづらひし事なり。今はいよ〳〵かたき仰せにこそ」といへば、「わが君、一たびの御返り事を給ひたらば、此の世の思ひ出にこそとおもふなり」と聞ゆれば、『それもいかゞ』と思へども、いなみがたくてたび〳〵ほのめかしけれども、かなはざりけり。

さるまゝに、少将思ひかねて、神ほとけにいのり給ひける。三の君のもとへもゆかまうけれども、おもひあまりては侍従にあひてこそ心をなぐさむれ。西のたいのけしきをたゞみず成りなん事の心うくてつねはかよひければ、よひあかつきにたいを過ぎ給ふとて、ふるきうたのいとあはれなるををかしきこゑにてうたひつゝ、そでもしぼるばかりにてすぎありき給ひける。

○神ほとけにいのり給ひける―具体的な描写は一切見あたらない。おそらく後半における姫君失踪後の神仏への参拝を意識しての記述であろう。ここで少将の神仏に対する信仰を明示している点には留意しておきたい。なお当時は神仏習合なので「神仏」という表現も決して奇妙ではない。

○ゆかまうけれども―行くのが辛いけれど。侍従には会いたいし、姫君の近くにもいたいので、心ならずも少将は三の君のもとへ通い続ける。「まうけれ」は「ま憂し」の已然形。動詞の未然形に接続して、「……するのがつらい」という意味をあらわす。「ものうく思ひ給」(成田本)、「ゆかまほし」(藤井本)。

○よひあかつき―宵は少将が三の君を訪れる時間帯であり、暁は少将が帰る時間帯である。たとえ愛情がなくても三の君のもとに通い続ける以上、姫君が妹の婿たる少将に心を許すはずはなかった。

○ふるきうたのいとあはれなる―たとえば「夕されば螢よりけにもゆれども光見ねばや人のつれなき」(『古今集』五六二番、紀友則)といった歌を朗詠しながら通り過ぎてゆく。もっとも「夕されば」とあるので、これは宵の例となる。

✽嵯峨野逍遥で姫君の美しい姿を垣間見た少将は、ますます姫君への恋心を募らせる。嵯峨野で姫君の返歌は聞いているにもかかわらず、ここでせめて一回だけでも返事がほしいと侍従に訴えている。これは唱和と違って一対一の直筆の返歌がほしいということであろう。しかし姫君からの返事はそう簡単にはもらえない。

　さてここから少将の葛藤が描かれている。姫君だと偽って三の君と娶わせられたことがわかったことで、三の君への関心は薄れてしまった。本来ならばもはや通わなくなるのだが、なにしろ同じ邸に姫君も住んでいるのだから、必然的に姫君との距離も遠くなってしまうからである。

またここでは侍従の存在が大きくなっている。これまでと違って侍従に会って話をするのが唯一の慰めだからである。これまで二人の関係は疎遠だったはずだが、いつの間にか侍従は姫君の仲介役として、少将に対応するようになっている。

少将は侍従に会うことを目的に、三の君のところへ通い続けたのである。「宵・暁」とあるのは、「宵」は通って来る時間帯であり、「暁」は帰る時間帯である。建物の図面がどうなっているのかわからないものの、寝殿の東に住む三の君のところに通うたびに、西の対の姫君のところを訪れるというのは、それで道順は正しいのだろうか。

◆一九　乳母の死

そうこうしつつ、月日を過ごすうちに、姫君の乳母が重い病気になったので、姫君にお会いしたいのでお立ちよりくださるようにと、侍従のところに使いをだしたところ、こっそりといらっしゃった。乳母は起き出して、涙ながらに申し上げることは、「はかない世とは申しながら、老人はいつ亡くなるかわかりません。この度はいつもより姫君に会いたくてなりませんでした。もう寿命も長くなさそうなので、『姫君にお会いするのもこれが最後だろうか』などと思われます。ああ、母宮がお亡くなりになったことを悲しいと思っているでしょうに、この老うばまでも亡くなったら、姫君がどんなにお嘆きになることか。『とにかく姫君の行く末を拝見した後に死にたい』と思っていたのに、それを最後まで確かめないで死出の旅路につくことは悲しいことです。私が亡くなった後は、娘の侍従を私の縁者としてお思いくださいますように」などといって、姫君の髪をなでてさめざめと泣けば、姫君も侍従も袖を顔に押し当てて、「私も一緒に連れて行って」と声も惜しまず泣きあったので、当事者以外の人の袂も涙で濡れるほどであった。さて侍従を留めて、姫君はお帰りになる方がよいというので、お帰りになった。

そうこうしているうちに、病は重くなって、五月の終わりころに乳母は亡くなった。姫君は、『侍従もひどく悲しんでいることだろう』と乳母が亡くなった嘆きだけでなく、侍従の嘆きまでも思いやりなさった。侍従は母が亡くなった悲しみだけでなく、姫君の所在なさをも嘆きつつ、さて四十九日の法要もこまごまと営んだのだった。

四十九日の最後の日、姫君はいつも身に着けていらっしゃった袿一具を侍従のもとへ贈って、

唐衣のしでではないが、死出の山路を訪ねて、私を育んでくれた乳母の袖を訪ねたいものだ。

と着物の褄に書きつけて届けなさると、侍従はこれを見て、着物を顔に押しあてて、人目も気にせず泣いたのであった。

❖かくしつゝ、あかしくらすほどに、ひめ君のめのとれいならずこゝち覚えければ、ひめ君のゆかしうおはしますに立よらせ給ふべきよし、じゞうがもとへいひやりければ、しのびつゝおはしたりければ、めのとおきいで、なく〳〵聞ゆるやう、「定めなき世と申しながら、老いぬる者はたのみすくなく、つねよりも此のたびはきみもゆかしくて。かゝる心のつきぬれば、『見奉らん事も此の度ばかりにや』などおぼゆるに、あはれは、母宮のおはしまさざりしをこそかなしと思ひつるに、この老いうばさへなくなりなん後のゆゝしさよ。『ともかくも定まり給はんを見奉りて後こそ』と思ひしに、是を見おき奉らでしでの山をまよはんことのかなしさよ。はかなくなりなん後は、じゞうをこそはゆかりとて御らんぜさせ侍らんずらめ」など云ひて、御ぐしをかきなでゝさめ〴〵となきければ、ひめ君もじゞうもそでをかほにおしあてゝ、「我も共に具し給へ」とこゑもしのばずなきあひければ、よそのたもと迄も所せくほどぞおぼえける。さて、侍従をばおきて帰らせ給ふべきよし聞ゆれば、かへり給ひにけり。

　かくしつゝ、なやみまさりて、五月のつごもり比にはかなくなりにけり。ひめ君、『じゞうが思ひさこそあるらめ』と、めのとのなげきの上にじゞうがこゝろぐるしさ思ひやり給ふ。じゞうは、はゝのかなしみの中にひめ君の御つれ〴〵をなげきつゝ、さて、のち〳〵のわざもこま〴〵といとなみけり。はての日、ひめ君のつねにき給ひけるうちき一かさね、じゞうがもとへつかはすとて、

　からごろもしでの山路をたづねつゝわがはぐくみしそでをとひけん 17

と、つまにかきつけてやり給ひければ、じゞう是をみて、かほにおしあてゝ人目もつゝまざりけり。

○おはしたりければ――乳母は実母の邸（三条堀河）ではなく、乳母の家にいるのであろう。なお養君が乳母の病気見舞に出かける例として、『源氏物語』夕顔巻・『夜の寝覚』・『小夜衣』などがあげられる。

○じゝうをこそはゆかりとて―乳母の遺言。母宮の遺言とともに、物語の方向性を支えるもの。ここで乳母がその役目を乳母子に譲る。これが後の住吉退去の際に再度明記されている。なおこの「ゆかり」は侍従が乳母の娘であることによる血縁を示すが、侍従は自らを姫君のゆかりとしている。

○はての日―乳母の四十九日の最終日。

○しでの山―「からごろも」は四手（幣の一種）に掛かる枕詞。「しで」は死出と四手の掛詞。「死出の山路」とも。「三途の川（三瀬川）」などと同じく『十王経』に基づく語である。同様の表現に「黄泉路」がある。「死出の山」「三瀬川」はともに歌語である。「三瀬川」は男女間での恋に限定使用される。

✲同じ継子苛めの話でありながら、『住吉物語』と『落窪物語』では話の展開、つまり、継母による継子苛めのすごさがかなり異なっている。その違いは何かというと、一つには乳母の存在である。落窪の姫君には乳母がおらず、そのために継母による継子苛めがストレートに行われている。それに対して住吉の姫君には乳母がおり、そのため実母が亡くなった後も乳母が姫君を養育している。乳母の庇護下にあれば、継子苛めは行われないのである。

その乳母が亡くなることで、いよいよ本格的な継子苛めが始動するのであるが、それでも乳母子の侍従が傍にいることや、父中納言が姫君を溺愛していることなどで、継母の継子苛めが防がれている。

「すみよし物語」(宝暦9年版)、国立公文書館蔵

◆二〇　暁の鐘

乳母の法要をして、侍従は七月七日を過ぎて姫君のところに参上したところ、もう初秋のたいそうしみじみとした夜、廂の端近くに出て、世の中がはかなくあわれであることを語り合って二人で泣いているのを、少将は立ち聞きして、限りなく悲しく思ったので、『お見舞いしよう』と思って蔀を叩くと、侍従は『少将がいらっしゃった』と出てお目にかかって申し上げることには、「物思いをするのは悲しいことだと、この度思い知りました」というと、「そうでしょうとも。ああ、悲しいことだ」などと言葉をかけあっていると、夜もだいぶ過ぎて鐘の音が聞こえたので、侍従は何気なく話の中に、

暁の鐘の音が聞こえたことです。

というと少将は、

これが入相の鐘（夕刻）だったらよかったのに。
と物思いにふけっていらっしゃった。姫君もそれをしみじみとお聞きになっていた。

さて夜も明けて翌日になってしまった。

❖いとなみ侍る程に、七月七日あまりに姫君のもとへまゐりたりけるに、初秋のいとあはれなる夜、はし近く出て、世の中のはかなくあはれなる事を聞えあはせてなきゐたるを、少将立ぎゝて、あはれさかぎりなかりければ、『とぶらひ侍らん』とてしとみをたたけば、じゞうは『せうしやうなり』とて出あひてきこゆる様、「もの思ふはかなしき事とは、此の程こそ思ひしられ侍れ」といへば、「さこそは侍りけめ。あなあはれ」などいひかはすほどに、さよもなかばに過ぎてかねの音聞えければ、侍従、何心もなく物語の中に、

あかつきのかねのおとこそ聞ゆなれ　18A

といへば、

是を入あひとおもはましかば　18B
とうちながめ給ひけり。ひめぎみもあはれとぞき丶とがめ給ひける。
さて、夜も明けにけり。

○七月七日―乳母の四十九日の後とすると、乳母の死は五月二十日頃となる。成田本等「七月十日」とする本も多い。
○何心もなく―この場合は「無意識」の意か。ただし暁の連歌は、内容的には後朝の歌であり、近くに姫君がいることを思えば、少将と侍従の連歌（疑似恋愛）としては似つかわしくないはずである。もちろん侍従にそういった意識があったとは思われない。もっとも歌語としての「鐘の音」は、仏教的な意味合いで詠まれることが多く、これを後朝（恋愛）に応用したのはこの小一条院歌が最初かもしれない。

✲乳母の死と法要を通して、少将と姫君との距離が少し近づいている。ここに出ている歌は『住吉物語』独自のものではなく、『後拾遺集』にある、

女の許にてあかつき鐘を聞きて　小一條院
暁の鐘のこゑこそきこゆなれこれをいりあひとおもはましかば」（九一九番）

をそのまま利用している。そのことは『風葉集（ふうようしゅう）』にも、

すみよしのこれを入あひの連歌とは小一條院の御歌とかきこゆ。（『風葉集』序）

と説明されている。この小一条院の歌を連歌に仕立てているのであるから、これは『住吉物語』の成立に関する貴重な資料といえる。

　なお「暁の鐘」というのは、午前三時を告げる後夜（ごや）の鐘のことである。この鐘は夜を共に過ごした男女の「後朝（きぬぎぬ）の別れ」の時を告げるものである。だからこそ「これを入相」つまり男が女の元に通ってくる時刻を告げる「入相の鐘」だったら良かったのにといっているのである。

　もちろんここは「後朝の別れ」ではないのだが、七月七日という日付からすると、その日は七夕であり、一年に一度彦星と織姫が逢っていることが背景にありそうだ。侍従はそれを踏まえて発言しているのだろう。「後朝の別れ」は彦星と織姫のことなのである。いずれにしても少将と侍従が親しくなったことが察せられる。

◆二一　草葉の露

このようにして、月日が過ぎて行くうちに、少将は一層姫君への思いが深くなって、侍従に「せめて一通のご返事がほしいのです。たやすいことでしょう。私の願いを叶えて下さい」などといって、
秋の夜に露が降りる草葉よりも、それ以上にあきれるほどに露ならぬ涙で濡れている私の袂ですよ。
など、思いの浅くないように申し上げると、侍従は「あまりにつれなくするのも、人情もないようなものでございます」といって返歌をすすめたところ、姫君は「気の毒には思いますが、人目がはばかられるのでこうしているのです」といって、
朝夕に風が吹いて草葉の露を落としていますが、それ以上にこぼれるというあなたの袖を見せてほしいものです。

と書いて置かれた手紙を、侍従が取って、

あなたに縁のある私の袖までぬれています。武蔵野の露で湿った中に
入り始めてからというもの。

と書き添えて少将に送ったところ、少将は笑顔になって嬉しさに胸がどきどきして、「一言の姫君のご返事に、出家しようと考えていた俗世を背きにくくなりました。侍従の親切はありがたいことです」といって、

武蔵野のゆかりの草に宿る露ではありませんが、露ほどでも姫君にも
情けがございましたらうれしいのですが。

などと侍従とやりとりをしているうちに、夜も明け方になったので、「戻ろう」といって、

天の原をのどかに月光が照らしていますが、その月をあなたと一緒に
みることができたらどんなにうれしいことか。

と歌を詠みかけた。しかし今回は姫君からの返歌はなかった。

❖かくしつゝ、すぎゆく程に、せうしやういよ〳〵ふかくのみ思ひて、「たゞ一くだりの御返り事のゆかしきなり。やすき程の事を。人のねがひかなへ給へかし」などいひて、

　秋の夜の草葉よりなほあさましく露けかりけるわがたもとかな　19

など、あさからぬやうにきこえければ、「あまりに人のつれなきも、あはれもしらぬに侍る」とて歌のかへしすゝめければ、「あはれと思へども、人目のつゝましさにこそ」とて、

　朝夕に風おとづるゝくさ葉よりつゆのこぼるゝそでを見せばや　20

とかきてうちおき給ふを、じゞうとりて、

　ゆかりまで袖こそぬるれむさし野のつゆけきなかにいりそめしより　21

とかきそへてやりければ、少将うち笑みてうれしさにもむねさわぎて、「一ことばの御返り事に世の中のそむきがたく、じゞうの心のありがたさよ」とて、

　むさし野のゆかりの草の露ばかりわかむらさきのこゝろありせば　22

などいひかよはす程に、夜もあけ方になりければ、「たちかへらん」とて、

あまのはらのどかにてらす月かげを君もろともに見るよしもがな　23

となん。されども、此の度は御かへり事もなし。

○秋の夜の―前章が七月七日（初秋）であり、ここはその後ということになる。また次章にも「秋のよすがら」とあるので、季節的に秋のできごとであることがわかる。

○朝夕に―姫君の初めての返歌。表面的には乳母の死を悲しむ歌として詠んでいる。少将にではなく、侍従に対する返歌の形をとったもの。

○ゆかりまで―「縁につながる私まで」の意。「露けき中」は少将と姫君の仲を指す。侍従は自分の手柄を主張しているか。「紫のひともとゆゑに武蔵野の草は皆がらあはれとぞ見る」（『古今集』八六七番）を踏まえた歌。「むさし野におふとしきけばむらさきのその色ならぬ草もむつまし」（『小町集』）。

○むさし野の―前歌同様『古今集』八六七番を踏まえた歌。「ゆかりの草」は前歌を受けて侍従を、「若紫」は姫君をたとえる。『源氏物語』の紫の上の設定に類似。

○あまのはら―この月は有明の月であり、男が女のもとを去る頃に照る月である。

✤姫君に向けた少将の思いはますます募っていった。せめて一度だけでも返事がほしいと侍従に頼んでいる。それが通じたのか、ここでようやく姫君は返事を書いている。その文に侍従も歌を書きつけた。少将は仲介してくれた侍従に大変感謝して、侍従にも歌を贈っている。

前章が七月七日だったので、ここはその後ということになる。あるいは乳母の死に対して少将から懇ろ（ねんご）なお見舞いがあったので、それに感謝して返事を返しているのかもしれない。いずれにしても、ここで少将の懸想（けそう）は一歩だけ前進したことになる。何より姫君の乳母子の侍従と親密（しんみつ）になっているのは大きな成果であろう。なおこの章段には和歌が五首も出ている。

◆二一　玉鬘

　訳もなく物思いにふけりなさって、三の君のところへいらっしゃってご覧になると、無邪気にいらっしゃるのを気の毒に思われて、お話などされて、これこれと世の中が無常であることをおっしゃり続けて、「私が通って来なくなったとしたら、私のことを思い出してくださいますか」と少将がおっしゃると、三の君は「時々訪ねていらっしゃるのだけでさえ辛く思われますのに、ましてもしそうなったら、私はどうすればいいのでしょうか」とおっしゃるのも、そうはいってもやはりこれも悲しい気持ちになる。

　夜が明けて暁になったので帰ろうとなさると、三の君が「どうなさったのですか」などと申し上げると少将は、

　ここへ通ってくるのはもうやめようと思うものの、そうはいっても玉

蔓ではないがあなたに思いをかけて来ていることがおわかりですか。とおっしゃると、三の君はたいそう悲しくお思いになって、あなたの通いが絶えてしまったとしたら、それは悲しいことです。玉蔓ではありませんがあなたが山人のように出家遁世されたとしたら。とおっしゃるので、少将はやはり三の君を見捨てがたいとおっしゃったけれども、夜が明けたのでお帰りになって、早速姫君へお手紙が届いた。白露が置くのと一緒に起き居てむなしく秋の夜を一晩中明かしてしまいました。

こう申されなさったけれども、また姫君は人目のはばかられることなので、ご返事はなさらなかった。

❖何となくながめ給ひて、三の君の御かたへおはして見給へば、なに心なくおはするを、いとほしくて御物語などして、かやうに世の中のはかなきことを仰せつゞけられ、「我いかにもなりたらん時、おぼしめし出しなんや」と少将の給へば、三の君「とき〴〵聞え給ふさへこゝろうくおぼゆるに、ましてさもあらば我が身いかにせん」との給ふも、さすがに是もあはれなり。

明けぬれば立帰らんとし給へば、「いかに」などきこゆれば、せうしやう、

たえなんと思ふものからたまかづらさすがにかけてくるとしらなん 24

とのたまへば、三のきみいとあはれに思ひ給ひて、

たえはてん事ぞかなしきたまかづらくるやまびとのたよりおもへば 25

との給へば、せうしやうさすがに見すてがたく仰せけれども、あけぬればかへり給ひて、いつしか御文あり、

白露をともにおきゐてはかなくも秋のよすがらあかしつるかな 26

かく申し給へ共、又人目もつゝましさにや、御返り事もなし。

○明けぬれば―前章に「夜もあけ方になりければ」とあったが、その続きなのか、それとも別の日なのか不明。

○たえなんと―少将の歌。「たえ」「かけ」「くる」は玉鬘の縁語。また「くる」に「繰る」と「来る」が掛けられている。少将は姫君への思慕から、三の君との関係を清算しようかと

躊躇している。

○たえはてん―「山人」は少将のこと。この山人は仙人とも出家者とも考えられるが、『山人』は、絶えたようで絶えない仲の相手をたとえたものか」〈『堤中納言物語』講談社学術文庫15頁〉という意見もある。

○白露を―これは三の君にではなく姫君に送った歌。大東急本などでは、この歌はこれ以前に少将から姫君への贈歌として存在している。これを転用して増補したものか。

✤少将が姫君に接近するにつれ、三の君の存在はむしろ邪魔になってくる。今は三の君の夫なので、姫君へ懸想することができないからである。そのため少将は三の君と離別することを考えるが、なかなかうまく運ばない。ここで三の君を簡単に捨てるようでは、姫君としても快く思わないであろうし、読者も納得しないだろう。

騙されたとはいえ、三の君と結婚したことが、少将にとっては大きな障害になっているのである。まして三の君にしても決して継母と共謀して少将と結婚したのではなく、むしろ三の君も被害者の一人といえる。この状況を解消するためにも姫君の住吉出奔が必須ということになる。

◆一三　善知識

日が暮れると対の御方のところにいらっしゃって、ご覧になると、格子を下ろして人もいない。三の君のところへいらっしゃったけれども、おっくうで『すぐに帰ろう』となさると、辛いと思われて三の君は、

　たまに満ちて来る潮がすぐに引くように、たまに来られたあなたがすぐにお帰りになるのは恨みに思います。

と小さな声で物思いにふけっていらっしゃるのをいじらしく思われて、その夜はお泊りになった。御心の隔てもなくお話なさって、『私が来なくなった後、どれほど辛くお思いになるだろうか』とお思いになられ続けたので、その日はそのまま語り過ごされて、もう一度お帰りになるとて、対の御方のところにたたずみなさって、歌を詠まれた。

　あなたのいらっしゃる近くを私は今通り過ぎています。どうか出てご

覧ください、恋にやつれた私の姿を。
と趣のある声で歌われると、侍従はそれを耳にして妻戸を開けて「どうなさったのですか」と尋ねると、少将は「世の中の辛さばかりが増さるので、深い山に入って仏道修行をしようかなどと決心しているところです」などとおっしゃると、侍従は、「さてまあ、少しでも信仰をもたれると功徳があるということです。まして私は少将に縁のある身ですから、私も一緒に出家したい」というと、「あなたはありがたくも私を導く人ですね」と冗談をおっしゃる。

その後、三の君のところへはお通いにならなくなったので、侍従は気の毒に思うのだった。

❖暮ればたいの御かたにおはしまして、見給へば、おろし籠て人もなし。三のきみのかたへおはしましたれ共、ものうくて『立かへりなん』としたまへば、こゝろうくおぼえて、三のきみ、

　玉さかにみちくるしほのほどもなくたちかへりなばうらむばかりぞ　27

としのびごゑにながめ給へば、あはれに覚えて、其の夜はとゞまり給ひけり。御心へだてなくかたり給ふを、『かきたえなんのち、いかばかりおぼしめさんずらん』と思し召しつゞけ、其の日はかたらひくらし給ひて、又出給ふとてたいの御かたにたちやすらひたまひて、かくこそ、

　君があたりいまぞすぎ行くいでゝ見よこひする人のなれるすがたを　28

とをかしきこゑしてうたひければ、侍従きゝとがめてつまどをおしあけて「いかに」といへば、少将、「世間のうさまさりゆけば、ふかき山にもなど思ひとりて」などいひたまへば、じゞう、「いでや一ねんずいきとこそ承れ。ましてむさし野の草のゆかりなれば、おなじはちすにこそ」といへば、「うれしきぜんちしきとかやにこそ」とたはぶれ給ふ。

　其の後、三のきみの事はかれ〴〵になり給ふを、じゞうはかたはらいたく思ひ侍りけり。

○君があたり—失恋により世をはかなみ、出家して墨染の衣に代えた姿を想定した歌。ただし、恋やつれした姿でも可能。類歌として次のようなものがある。「妹があたり今ぞわが行く目のみだにわれに見えこそ言問はずとも」（『万葉集』一二一一番）、「是を見よ人もとがめぬ恋すとて音をなく虫のなれる姿を」（『後撰集』七九四番）、「君が門今ぞ過ぎ行く出でて見よ恋する人のなれる姿を」（『源氏釈』朝顔巻）、「思へたゞひとりながるゝ月をみておさふる袖のなれる姿を」（『散木奇歌集』）。
○きゝとがめてつまどを—この部分、成田本では「じゞうきゝとがめて、つまどおしあけていかにといへば、少将よの中のうさのみまさりはんべれば、ふかきやまにもとなんおもひはんべるといへば、あなたふと、さらばかならずみちびき給へよときこゆれば、少将いでやいちねんずいきとこそうけ給はれ、ましてむさしのゝゆかりなれば、おなじはちすにもとこそ思ひはんべれといへば、うれしきぜんちしきとかやなどうちたはぶるゝもいとわすれがたくて、けふこそわらひ給ともあはれおぼしあはすることもありなんといひつゝいで給ぬ」となっている。少将と侍従の会話が入れ替わっている。
○一ねんずいき—法華経法師品に「如是等類。咸於仏前。聞妙法華経。一偈一句。乃至一念随喜者。我皆与授記。当得阿耨多羅三藐三菩提」とある。本来は「一念でも随喜するものは」の意であるが、ここでは信仰すれば何事もこれにかなうの意として用いられている。
○むさし野の草のゆかり—「紫の色にはさくなむさし野のくさのゆかりと人もこそ見れ」

（『拾遺集』三六〇番）を踏まえている。姫君と三の君が姉妹である事を指すとする説と、前出の「武蔵野のゆかりの草の露ばかりわかむらさきのこゝろありせば」を受けて「少将に縁のある私」という意とする説がある。

○おなじはちす——一蓮托生（いちれんたくしょう）。夫婦間の例が多いが、ここは侍従と少将を指す。歌語としての定着は意外に遅い。「おなじ蓮にとこそは」（『源氏物語』朝顔巻）、「心ざしばかり有（あり）ながらすが〱とも思ひたゝれ侍らで年月を送る色にすゝめられ聞えぬる、うれしきぜんちしきに思ひ給ふる。……一念ほつきとこそ仏は説き置かせ給ひたれ、まして君はゆかりの草におはすれば、同じ蓮にとこそ思ひ聞ゆれ、今は此世の対面は是をかぎりにこそ侍らめ」（『石清水（いわしみず）物語』）。

✿自分が結婚した相手が姫君ではないことを知った少将は、三の君をかわいそうには思うものの姫君への思いはますます募っていくのだった。

当然、三の君のところへ通う回数は減少していった。しかしながら三の君を訪れたついでに姫君のところに近づくことができるので、気が進まなくても三の君通いは続くことになる。そのため進展のない繰り返しが続いている。

色好みとは無縁の少将であるから、三の君と姫君の二人とも得ようとは思わないようである。姫君にしても、これまで三の君の夫として通っていた少将であるから、たとえそれが間違いだったとしても、少将を受け入れることはできない話であった。継母による取り替えの計略は、結果的に少将と姫君の苦悩を招いただけでなく、三の君にも苦悩を与えてしまった。

「すみよし物語」(宝暦9年版)、国立公文書館蔵

二四　入内準備

こうして九月になったので、中納言が継母北の方におっしゃることには、「将来のことはさておき、娘二人は縁づいた。残った西の対の姫君を今年の五節の舞姫に参上させたいと思うが、あなたが同意してくれないのが辛いことだ」といってお嘆きになると、継母は夫が姫君を我が子以上にかわいがっていることを妬ましく思いながらいうことには、「帝の寵愛が得られそうもない入内よりは、かえって勢力のある上達部などと結婚させなさったらどうですか」などといえば、「普通の人に娶わせることは勿体ない」などとおっしゃるので、継母は、「ともかくあなたのお考えのままに」といいながら、『なんとか姫君に不名誉な噂を立てて、疎んじるようにしたい』と思案するのだった。

中納言は、五節は十一月のことなので、その準備ばかりを行われたので、継母は一緒に準備する風をして、内心には『姫君を笑いものにする策はないものだろうか』と思い、人が傍にいない時に中納言に申し上げることには、「耳にしたのに申さないのは気がかりなので申し上げます。あなたは対の姫君を我が娘たちより優れていらっしゃるとお思いでしょうが、この八月からあったことをまったくご存知ないのですね」といってうそ泣きをすると、中納言は驚いて、「一体何があったのか」とお尋ねになると、「六角堂の別当の僧とかいういやしい法師が姫君のところに通っていたのですが、最前の暁にも寝過ごしたのか、対の格子を開けて、人が見ているのも気にせず出て行ったのが情けないことでした」といって、「私のいうことが嘘ならば神仏の罰が当たってもかまいません」といったけれども、中納言は「決してそんなことはあるまい。女房などの誰かが通わしているのだろう」とおっしゃったので、「中の格子を開けて出て行きました。不確かなことをどうして申しましょう。ちゃんと聞いたことです」などとおっしゃるけれども、それでも「なるほど」とはお思いにならなかった。

❖かくて、九月にもなりぬれば、中納言、北の方にの給ふやう、「行末はしらず。二人の君はありつきぬ。此のたいのかたを今年の五せちに参らせばやと思ふに、うちあはぬ事の心うさよ」とてなげき給へば、我が子どもに思ひまし給へるを『ねたし』と思ひながら云ふやう、「なか〳〵覚えすくなき宮仕よりも、ときめかんかんだちめなどにあはせたまへかし」などいへば、「なみなみの人には見せん事もあたらしさに」などのたまへば、まゝ母、「ともかくも御はからひにてこそ」と云ひながら、『いかにしてかあやしき名をたてゝおもひうとません』とあんじけり。

中納言、霜月の事なれば、その出で立ちをのみいとなまれければ、まゝはは、ともにいとなむけしきにて、したには『人わらはれになすよしもがな』と思ひ、人しづまれる時に中なごんに聞ゆるやう、「きゝながら申さゞらんはうしろめたき事なれば申すなり。此のたいの御かたをばわがむすめたちにもすぐれておはせしとこそおもひ侍るに、この八月よりのことを露しらざりけるよ」とてそらなきをしければ、中納言あきれて、「こは何事ぞ」ととひ給へば、「六角堂の別當法師とかやいふあさましき法師のひめぎみのもとへかよひけるが、此のあかつきもね過ごしたりけるにや、たいのかうしをはなちて、人の見るともなく出にけることのこゝろうさよ」とて「是いつはりならば仏神など、げにげに」といひければ、中納言、「よもさることはあらじ。女房などのなかにぞさることはあるらん」との給ひければ、「なかのかうしをはなちて出ける。うはのそらなる事をばいかで。よくよくきゝてこそ」などいひ給へども、なほ「げに」とおもひ給はざりけり。

○五せち―五節の舞姫（公卿分）として参内させ、そのまま宮仕えさせるとすれば、更衣以下の待遇となる。父が中納言であるからやむをえぬ処置か。とにかく帳台の試みで天皇に間近に御覧いただければ、必ずや御目にとまるに違いないという中納言の計画という説もあるが、違和感がある。
○霜月―五節は十一月の中の丑の日から四日間続く宮廷行事である。藤原高子は貞観元年（八五九）に五節の舞姫をつとめて従五位下に叙せられ、後に清和天皇の皇后となっている。
○六角堂―『落窪の草子』においては、六角堂の観音が大きな役割を果たしている。親鸞に妻帯させる示現を与えている点が、別当法師と姫君の結婚に影を落としているのであろう。

六角堂頂法寺は遷都当初洛中唯一の寺で、身分の上下を問わず尊崇されて信仰を集めていた。そうした寺の別当法師は立派な人物であろうが、ここは堕落した下級僧を想定している。「皇后宮の女房の局に法師三人入り臥す云々」(『長秋記』天永二年三月八日条)。
○たいのかうし—西の対の格子。これは一枚格子で、下部の止め木をはずし、内側へ少し上げると、柱と格子の隙間から出入りできた。「灯とりなほし、格子放ちて入れたてまつる」(『源氏物語』末摘花巻)。
○なかのかうし—姫君は中央奥の母屋にいるから、妻戸側にある女房の局を避け、中央部の格子から出入りしたとの設定か。直前の「対の格子」では漠然としているが、「中の格子」となると、姫君とのかかわりが強まる。平安朝において、こういった一枚格子が出入口として頻繁に使用されていた。

✲物語に新たな動きがあった。中納言が姫君を五節の舞姫として宮中に出仕させようというのである。実母の遺言に姫君の入内が語られていたが、その具体案として、一般的な入内ではなく五節の舞姫が選択されている。あるいは中納言の娘程度では女御としての出仕は最初から無理だったのであろうか。継母の「覚えすくなき宮仕」という発言がそのことを示している。

中納言は続けて「うちあはぬ事の心うさよ」と述べている。これは継母がそれに協力的でないということであろう。継母にしてみれば同じ子どもなのに、「我が子どもに思ひまし給へる」ことが妬ましいのである。

そこで継母は、「時めかん上達部」を薦めている。それに対して中納言は「並み並みの人」にはもったいないといっている。この自信は何によって裏付けされているのだろうか。宮腹という血筋がそれほど尊重されているのだろうか。

継母は中納言の偏愛に対して嫉妬し、姫君の評判を落として入内を阻止しようとする。そこで実は六角堂の法師が姫君のところに通っているという嘘をつくが、中納言は継母のいうことを取り合わなかった。

◆二五　むくつけ女

継母は三の君の乳母でたいそう性悪なむくつけ女に相談することには、「中納言がこの対の姫君を私の娘たちよりも大切になさるのが妬ましくて、あれこれ貶めるようなことを告げたがうまくいかなかった。どうすればいいだろうか」というと、むくつけ女は、「私も心穏やかではございませんが、そう思って過ごしていたところですので、嬉しく思います」といってひそひそと策略を相談して、その三日後に、下賤な法師を味方にして、中納言に申し上げることには、「私のいうことが嘘だとお思いでしょうが、ちょうど今例の法師が姫君のところから出てくるところです」と申し上げるので、中納言がご覧になったところ法師が出てきた。「ああ、うとましいことだ。幼いころに母宮に先立たれ、また乳母も亡くなって、しみじみ薄幸の娘とは思っていたが、これはあきれたことだ」といってお入りになった。これによって入内の件は取りやめになられた。

中納言が対にいらっしゃると、姫君は何も知らずにいらっしゃるのに向かって、「ひどいことばかり起こってあきれることだよ」とおっしゃると、姫君も『一体どういうことだろう』とお思いになった。中納言は帰り際に侍従を呼んでおっしゃる。「あきれたことを聞いたので、入内は取りやめになった」とだけいってお帰りになったが、得心のいかぬことなので、弁解することもできずにそのままになった。『そうはいっても一体どうしたのだろうか』と思って、式部といって対の姫君に好意を寄せている女房に会って、「中納言殿がしかじかと仰ったのはどういうわけですか。お聞きになっていますか」というと、式部は継母たちがこれこれしかじかとたくらんでいることを告げた。侍従はあわてて姫君に相談申し上げると、「母のない者はこの世に長らえてはいけないのだ」といって二人とも袖を引っかぶってうつ伏しながら、姫君は「このことは誰にも漏らしてはならない。漏らしてしまうと、あちこちで噂が立ってしまうのは見苦しいことだ」とおっしゃる。継母はしてやったと思って、むくつけ女と二人、うれしさのあまりにやりと笑いあったのだった。

❖まゝはゝ、三のきみのめのとにきはめて心むくつけかりける女に聞えあはするやう、「此のたいの君を我がむすめたちに思ひまし給へるがねたしさに、とかくいへどもかなはず。いかゞすべき」といへば、むくつけ女、「われもやすからずは侍れども、思ひながらうちすごしさぶらひつるに、うれしく」とてさゝめきあはせて、其の後三日ありて、あやしき法師をかたらひ、中納言に聞ゆるやうは、「偽りとぞおぼしたりしに、只今かの法師出るなり」ときこゆれば、見給ひける時に出にける。「あなゆゝしや。をさなくてはゝにおくれて、又めのとさへにはなれて、あはれ、くわほうわろき者とはおもへども、あなあさまし」とて入り給ひぬ。さて、宮仕のことはおぼしとゞまりぬ。

　中納言、たいにおはしければ、ひめ君何心なくゐ給ふにむかひて、「いみじきことのみいでくることのあさましさよ」との給へば、ひめぎみも『なにごとにや』とおもひ給へり。ちうなごん、立ちざまにじゞうをよびてのたまふ。「あさましき事をきけば、うちまゐりはとゞまりぬ」とばかりありてかへり給へば、心得ぬ事なれば、いひやる方なくてやみにけり。『さるにても、いかなるにか』とて、しきぶといふ女のたいのかたに心よせなるにあひて、「中納言殿のしか〴〵と仰せられしはなに事にや。聞き給ふか」といへば、しきぶ、しかじかたばかるよしをいひけり。侍従さわぎてひめぎみに聞えあはせて、「母なからんものは、世にながらふまじきことにこそ」とて、二人ながらひきかづきてうつぶしながら、「此の事たれにもきこえさすな。とかくいはんほどに、あなたこなたのなのたゝんことも見ぐるし」とぞの給ふ。まゝはゝはしえたることゝちして、むくつけ女とふたり、したゑみにゑみあへる。

○きはめて心むくつけかりける女――「きはめて」は古い漢文訓読語。「ただきはめて幸ひなかりける身なり」（『蜻蛉日記』中巻）、「きはめて腹あしき人なりけり」（『徒然草』四五段）。心むくつけかりける女は、物語読者の心情に添った命名（悪役）と考えられる。名前を見ただけで敵か味方かが即座に判断できる。以後「むくつけ女」としてたびたび登場する。

○あやしき法師をかたらひ―前出の「あさましき法師」に対応する。「人のゑをひろげてうたをよむに、おやなき女にめのとのならのほうしをあはせむとするに、なきたるかたをかきたるかたを見て」（『為仲集』三三番詞書）。

○めのとさへにはなれて―乳母との離別と死別は既出。実母の死以上に、乳母の不在が姫君の薄幸（はっこう）を象徴している。

○くわほう―軍記物語などに多い男性的表現。「そのくわほうゆたかなるべし」（『うつほ物語』俊蔭巻）、「衆生の善悪の果報、皆前世の業因に依りてなり」（『今昔物語集』巻一―二七）、「女の果報こそいと口惜しけれ」（『無名草子』）。

○おぼしとゞまりぬ―大納言は入内中止を決断する。当然、五節の舞姫は辞退することになる（どのような理由付けをするのかは不明）。ただしモデルたる高子（たかいこ）の場合、在原業平（ありわらのなりひら）との密通によって正式な入内ができなくなり、その苦肉の策としての五節入内であるから、必ずしも五節に処女性が重視されているとは断言できない。

○しきぶといふ女のたいのかたに心よせなる―継母側の女房でありながら、姫君に好意を示すので「心寄せの式部」と呼ばれる。前の「むくつけ女」と対になっている。北の方の女房でありながら継子に同情するという設定は、『落窪物語』の少納言の例がある。

○母なからんものは、世にながらふまじきことにこそ―継子の嘆きを象徴する表現。さらに、姫とともに侍従の心情でもある。以下「二人ながら」という表現が多出している。なおその反対が継母とむくつけ女で、やはり二人一緒の心情として描かれることが多い。
○ひきかづきてうつぶし―悲しみを外に見せないための態度。「うつぶす」は泣く様子の比喩でもある。「衣を引きかづきて臥したり」（『落窪物語』巻一）、「御衾（ふすま）をひきかづきてうつ臥して」（『うつほ物語』俊蔭巻）。
○したゐみ―古い用例は見あたらず、『住吉物語』の独自表現と考えられる。なお「ゐむ」表現は「ゐみまぐ」など姫君の敵側に多く使用され、「笑ふ」表現は味方側に使用されている（ただし肝心の姫君はあまり笑わない）。

✿自分だけではうまくいかないと思った継母は、共謀者として三の君の乳母に相談する。姫君がいるために少将が三の君のところへ通ってこなくなったのだから、三の君の乳母が登場するのもうなずける。

　継母は口ばかりだったが、むくつけ女には行動力があった。「あやしき法師」を使っていかにも姫君の部屋から出てきたように中納言（ちゅうなごん）に信じ込ませたのである。これを見た中納言（ちゅうなごん）は入内を諦（あきら）めてしまう。

　継母の計略だと知らぬ姫君と侍従は、中納言（ちゅうなごん）が何をいっているのかわからない。そこで情報提供者として新たに式部という女房が登場する。「対の方に心寄せ」とあるように、式部は継母方の女房なので、継母とむくつけ女の策略(さくりゃく)を知っていたのである。式部から真実を聞いた姫君は、それを中納言(ちゅうなごん)に訴えようとはしない。だからこそ父娘の心はすれ違ったまま姫君出奔へと向かうのである。

★8「むくつけ女」について

乳母のコラムでも触れたが、「むくつけ女」は三の君の乳母という設定で登場している。「むくつけし」という言葉は他の作品にも用いられているが、「むくつけ女」という人物呼称は『住吉物語』独自のものである。これなど一見しただけで人物の善悪がわかる象徴的な呼称といえる（継母にも用いられている）。

物語における善玉・悪玉は、主人公の敵か味方かによって主観的・便宜的に分けられるものであり、必ずしも客観的・普遍的(ふへんてき)な分類ではない。その意味では継母・継子という呼称も同様である。

もちろん継子側が善であり継母側が悪なので、継子の味方が善玉で継母の味方が悪玉になる。その意味で、姫君を陥(おとしい)れる「むくつけ女」は、まさしく悪玉であった。

ただしものの見方を変えると、「むくつけ女」にしても、三の君つまり自分の養君の幸せを一番に考えて行動していることがわかる。継子の姫君は三の君に害を及ぼす存在だからである。たとえ三の君がそんなことを望まなくても、「むくつけ女」は自ら判断して積極的に動いている。こんなに頼もしい味方は他にあるまい。

そう考えると、「むくつけ女」は間違いなく乳母の論理で行動していたことがわかる。

◆二六　縁談

中納言は、『入内こそ取りやめになりましたが、相応の人と娶わせたい』とお思いになっていると、内大臣の御子息に宰相という地位でいらっしゃる人で、左兵衛督を兼ねて二十五、六歳ほどの万事人よりすぐれている人に、中納言が娘との結婚をそれとなく打診すると、左兵衛督はたいそういい縁談だと思って、十一月に日取りを決めた。恐ろしい心を持っているともご存じなく、継母に相談なさると、「それはよいことです」といったが、内心はたいそう胸が苦しいと思っている。

中納言は対にお立ち寄りになって、侍従に向かって、「入内が取りやめになったのは非常に残念だが、そうとばかりはいっていられないので、来月に左兵衛督と結婚させようと思っている。そのことを心得ていらっしゃい」といって、「母宮の三条堀川の邸を整えて、そこにお住ませ申し上げよう」とその準備をなさっていた。
姫君は、「我が親ながらお思いになっていることの恥ずかしさよ。ただ尼になって遠いところに出ようと思っている」とおっしゃると、「中納言殿がこれほど姫君のことをお考えなのだから、それに背きなさるのは、たいそう不本意なことでしょう。継母こそ不本意なことをなさいますので、そのうち中納言に申し開きをなさってください」などと侍従は姫君を慰めるのであった。

❖中納言、『うち参りこそとゞまり侍らめ、さもあらん人に見せばや』とおぼす程に、内大臣の御子にさいしやうにて侍りける人、左兵衛のかみにて二十五六ばかりなるが、よろづ人にすぐれたるに、中なごん此の由ほのめかしければ、「いとよき事」とて霜月とさだめてけり。おそろしきこゝろともしり給はず、まゝはゝに云ひあはせ給へば、「よき事にこそ」と云ひて、下にはいとむねいたき事に思へる。

ちうなごん、たいに立ちより、じゞうにむかひて、「うち参りのとゞまりしは口をしながら、さてのみやはとて、たゝん月に、さひやうゑの督にと思ふなり。其のよしこゝろえておはすべし」とて「はゝ宮の三条ほり河なる所をしつらひてそこに住ませ奉らん」といとなまれけり。

ひめぎみ、「おやながら、おぼすらん事のはづかしさよ。只あまになりて聞えざらん所にとおもふ」との給へば、「中納言殿のかくまでおぼしたらん、そむきたまはんは、いとほいなき事にて侍るべし。北のかたにこそ、ほいなくおはします共、有えんまゝにきゝひらき給ひてん」などぞ、侍従云ひなぐさめける。

○内大臣の御子にさいしやうにて侍りける人——内大臣職は、史実では天禄三年（九七二）藤原兼通が任じられる以前の百九十二年間に藤原高藤が二箇月ほど務めたのみで、ほとんど空席であったが、永延三年（九八九）就任の道隆以後平安末まで空席にはならなかった。この物語の背景は九七五年以後と考えられている。内大臣の子で、二十四歳で参議（宰相）となったのは、藤原朝光。朝光が参議となる二月前、父兼通は関白太政大臣に、朝光も翌天延三年（九七五）正月、権中納言に昇っている。内大臣は光源氏の如く、左右大臣が塞がっている際に特別に設けられるものであるから、その勢力は左右大臣以上の場合が多い。当然この内大臣は右大臣にとって強力なライバルと考えられる。もしここで姫君が内大臣の息子と結婚していたら、右大臣とは敵対関係になったはず。

○左兵衛のかみ―従五位相当。「左兵衛の督」（成田本等）、「兵衛督」（白峰寺本等）、「宰相の中将」（国会本・京都図書館本）。朝光の異腹の兄の参議時光は、貞元二年（九七七）四月、三十歳で左兵衛督を兼ねている。なお『源氏物語』の玉鬘の結婚相手にも左兵衛督が登場していた。

○中なごん―中納言が縁談を持ちかけたら相手が承知したので、と続く文脈。「いとよき事」といったのは宰相兼左兵衛督である。

✲姫君の入内を阻止した継母だったが、次に中納言は左兵衛督との縁談を持ってきた。前（六章）に中の君の夫が兵衛佐とあったことを思い出してほしい。自分の娘の夫が兵衛佐で、継子の夫が左兵衛督というのでは継母も平静ではいられまい。というより継母にも同情の余地はあるのだ。

　姫君入内といい、左兵衛督との縁談といい、どちらも父親が宮腹の姫君を特別扱いしていることが原因で、継母の悪計が生じているのである。子供たちを平等に扱えない父親にも、継子苛めが生じる一因はあるといえよう。

少将にしてみれば、入内はなんともできないが、相手が内大臣の御子とあれば、右大臣の息子である少将からみて、相手として不足なし。

そう考えると、継母は結果的に姫君と少将が結ばれるためのお膳立てをしていることにもなる。

◆二七　主計助

継母はなお姫君の縁談を妬んで、むくつけ女にこっそり相談して、「この姫君をたいした身分でもない下衆に盗ませたいものだ」というと、むくつけ女はにやりと笑って、「私の兄の主計助といって、七十歳くらいの翁で、目のただれているのが、最近長い間一緒だった妻を失くして、後妻を娶ろうとしていますが、誰も聞きいれる人がなくて困っています。姫君との結婚を進めたいものです」と申し上げると「相談する甲斐があって、とても嬉しいことをいってくれた。急いで進めて」とおっしゃると、むくつけ女は主計助のところへいって、「これこれ」と申し上げると、主計助は顔に皺を寄せ憎たらしい顔をして微笑んで「ああうれしい。それはいいことだ。中納言殿は納得されないのではないだろうか」というと、「それは北の方が十分熟慮されてのこと」などというと、「それはいいことだ。ああめでたいめでたい。大急ぎで準備しよう」という。十分に計画を練って帰った。継母に「これこれ」と申し上げると、笑みをつくって「三条へ移るのはもうすぐ十月二十日頃だそうなので、十日より前に実行しよう」とひそひそいうのを、心寄せの式部が耳にして、侍従に「これこれと計略なさっています。主人である北の方を裏切るのは恐れ多いことですが、ひどく罪深いことでございますので、姫君がお気の毒で」などと申すと、姫君は「今まで命長らえていることの情けなさよ」といって、「前に尼になっておけば、こんな目にあわなかったろうに。あなたが引き止めるからこんな目にあわされる」というと、侍従は「これほどまでひどいとは思いもよりませんでした。今回はそうおっしゃるのも無理からぬことです」と声を上げてお泣きになるばかりだった。

❖継母、なほ此の事をそねみて、むくつけ女にさゝめきあひて、「このひめ君を、さしもなからんずる下すにぬすませばや」といへば、むくつけ女うちゑみて、

「うばがあにのかずへのすけとて、七十ばかりなるおきなの目うちたゞれたるが、此の程年ごろの妻にはなれて人をかたらはんとするに、聞き入る者もなきに思ひわづらひ侍り。このよしを申さばや」ときこゆれば、「いひあはするかひありていとうれしくこそ。とく〳〵いそぎて」との給へば、かしこにゆきて「しか〴〵」ときこゆれば、かずへの助、しわぐみ、にくさげなるかほしてほゝゑみて、「あなうれし。よきことかな。中なごんどのや、心得ずおぼしめさんずらん」といへば、「それは北のかたの能々はからひて」などいへば、「それはよき事。あなめでた〳〵。とく〳〵いそがばや」といふ。能々かためてかへりにけり。

まゝはゝに「しか〴〵」ときこゆれば、ゑみまうけて、「たゞ神無月廿日比ときこゆれば十日よりさき」とさゝめくを、心よせのしきぶきゝて、侍従に「しか〴〵とたばかり給ふなり。おそれは侍れども、ゆゝしくつみふかきことに侍れば、あはれさに」などきこゆれば、「今までながらへたることの心うさ」とて「さきのたびあまになりなましかば。そこにとゞめおきてかゝる事をもきかする」とあれば、じゞう、「かくまでの事とこそ思ひ侍らね。此の度は理にてありける」と、

ねをのみなき給ひけり。

○うば―三の君の乳母の自称。これが乳母（めのと）の訓だとすると中世的用法となる。「中の君の乳母の兄に」（白峰寺本）。

○かずへのすけ―本来は「助」ではなく「主計頭」であったらしい。継母の実娘の婿よりも落ちる相手であることが第一条件。そのため「頭」から「助」へ低下したのであろう。「かずへのかみ」（成田本）、「かずへのせう」（真銅本）も見られる。この職は算博士であることが必要条件であったから、年齢的に高い人がなっている。「住吉の姫君の、さしあたりけむをりは、さるものにて、今の世のおぼえも、なほ、こころ殊なめるに、かぞへの頭が、ほとくしかりけむなどぞ、かの監がゆゝしさを、思しなずらへ給ふ」（『源氏物語』螢巻）、「乳母、かの主計頭といふ者の妻にて」（『狭衣物語』巻一）、「主計頭が住よしの君をおかし奉らんとせしやうに」（『しら露』）、「わが叔父なるが、ここに曹司して、典薬の助にて身貧しきが、六十ばかりなる、さすがにたはしきに、からみまはさせて置きたらむ」（『落窪物語』巻一）。

○ゑみまうけて―これには「設く」「曲ぐ」の二説あり。日葡辞書では「Yemimague」。大口を開けて笑うことか。悪役及び老人に多い醜態表現（反みやび）と考えられる。これ以前に用例は見当たらず、やはり『住吉物語』が初出か。「口は耳もとまで笑みまけてゐたり」（『落窪物語』巻一）、「北の方笑みまけて」（巻二）、「笑みまけて、こちこちとのたまへば」

（巻三）、「生女ばらなども笑みまけて」（『源氏物語』末摘花巻）、「耳もとまでゑみまけて」（『発心集』）、「なごりなくゑみまけたる殿どもをみたまふ」（『有明の別れ』巻三）、「ゑみまけてみ奉り給ふ」（『小夜衣』上）。

○たゞ神無月廿日比―これは結婚を前提として、姫君が三条堀河邸へ移る日か。それを前提として姫君を盗み出す実行日を十日より前としている。

✻入内を阻止したのはあやしき法師だったが、今度の縁談ではむくつけ女の兄の主計助（かずえのすけ）が登場する。これは『落窪物語』の典薬助（てんやくのすけ）と同じ設定である。なお『源氏物語』螢巻には「主計頭（かずえのかみ）」とあるので、改作前の古本では「主計頭」だった可能性が高い。そのことは『しら露』という作品にも、「主計頭が住よしの君をおかし奉らんとせしやうに」とあった。これが『住吉物語』最大の継子苛めであるが、姫君が出奔することでその難を逃れる。

姫君が三条の邸に移るのが十月二十日頃なので、それより早い十日より前にと継母とむくつけ女が相談するのを式部が聞いて、侍従に告げている。そこで姫君はそれ以前に出奔することを考える。いよいよ物語は大きく展開していくことになる。

◆二八　住吉の尼君

「さて、このまま黙っていらっしゃるのはどうでしょうか。中納言殿にお話し申し上げてください」と侍従が申し上げると、姫君は「北の方は根拠のないことを父に申したというでしょう。たとえ今回の疑いが晴れても、またまたそれ以上のことがあるに違いありません。またどのようなことをしようかと継母が企みなさるに違いありません。ただ遠い野山の中で尼になってこの現世をあきらめましょう」とおっしゃると、「今回のことは道理でございます。では侍従も尼になって、亡き母の菩提を弔いましょう。どれだけその時はしみじみ悲しいでしょうか」といって、二人とも涙で袖を絞るばかりであった。そうはいいながら、まだ若い二人なので、どのようにすればいいのかわからなかったので、姫君は「もし乳母がいれば、いいように取りはからってくれるでしょうに。今はあなたを頼みにしています。今月も過ぎようとしているので、なんとか取り計らってください」とおっしゃると、侍従も「どうすればいいのか思いつきません」などいいながらとかく思案しているうちに、故母君の乳母だった人が母宮が亡くなった後で尼になって、住吉で暮らしていらしたのを思い出して、「覚えておいででしょうか、これこれの人を」と申し上げると、「そういった者がいたことは覚えております。どうやって連絡したらいいでしょうか」というので、侍従は母のところに仕えていた女で、事情を熟知しているのを呼んで手紙を託した。その手紙には、

さてさて久しいなどという挨拶は言っても言い尽くせません。姫君が幼くていらっしゃった時、母宮がお亡くなりになりましたが、今ではすっかり成人されて、その後また侍従の母も亡くなったので、誰も知る人がなくて、昔のことが恋しいので、ああひどいことです、たとえ出家なさったとしても、恨めしいことにあなたからの消息が絶えてしまいました。忘れ草に導かれているのでしょうか。そうではあっても、

直接あなたに相談申し上げたいことがあります。すべてをなげうって、急いでいらっしゃってください。かしこ。尋常なことではございません。

などと書いて送った。

❖「さて、かくてのみおはしますべきにあらず。中納言殿に申せ給へかし」と聞ゆれば、「北の方になき事をいひつけ奉るにや。是をはれたりとも、又も〳〵まさるさまの事も有るべし。又『いかなることもがな』とたばかり給はんずらん。たゞきこえざらん野山の中にて、あまになりて此の世を思ひはなれん」とのたまへば、「此の度は理にて侍り。さらばじゞうもあまに成りて、はゝの後世をもとぶらひ侍らん。いかに其の時あはれに侍らん」とて、二人ながら袖もしぼるばかりにて、かくはいひながらわかき人々なれば、いづくにていかにすべしとも覚えざりければ、ひめ君、「めのとだにあらばともかくもはからひてまし。今はそこをこそ何ともたのみたれ。この月も過ぎなんとす。いかにもはからふべし」との給へば、じゞうも「いかにともおぼえず」などいひつゝ、とかくあんずる程に、こはゝ宮のめのとなる女の、みやにおくれ参らせて後にあまになりて、住吉になん侍りけるを思ひ出て、「覚えさせおはしますにや、しか〴〵」ときこゆれば、「さる者ありと覚え侍るなり。いかでかつげやるべき」とあれば、侍従が母のもとにありける女の、よくしりたるをよびてやりける。文には、

さても久しくなどはおろかなるにこそ。姫君おひいでさせ給ひしとき、はゝ宮もはかなくならせ給ひながらも、いとおとなしくならせ給ひて、其の後又じゞうがはゝなりし人もかくれにしかば、誰々もしる人もなくて、そのかたのこひしさに、あなゆゝし、さこそ世をそむきたまはめ、うらめしくもかきたえ給ふものかな。わすれ草のしるべとかや。さても〳〵人づてならで申しあはすべき事なん侍る。萬を捨てて、夜を日に参り給へ。あなかしこ。なべてならん事には。

など書きやりける。

○わかき人々—姫君と侍従を指す。年齢のみならず、経験不足によるたよりなさを表わす語。暗にしっかりした人物（乳母）の必要性を導く。

○めのとだにあらばともかくもはからひてまし—乳母の論理として、姫君は乳母に代わる乳母子侍従の計らいを当然のこととして要求している。

○そこをこそ何ともたのみたれ—乳母不在の場合、乳母子がその代役をつとめる。しかし乳母子は乳母の代わりにはならない。

○こはゝ宮のめのとなる女—侍従は故母宮の乳母のことを思い出す。ここも乳母が要請されている点に注意。諸本では乳母子や叔母となっているものもある。「こみやのめのとごなりけるねうばう」（成田本）、「故母宮に後れまゐらせて、尼になりて住吉に侍従が叔母のありけるを思ひ出でて」（白峰寺本）、「こみやの御めのとごにさゐもんのすけとて候しが」（資料館本）。

○わすれ草のしるべとかや—引歌。もうお忘れになったのでしょうか。「住吉と海人は告ぐとも長居すな人忘れ草生ふといふなり」（『古今集』九一七番）。

○など書きやりける—本来、教養ある貴族ならば、消息には必ず和歌をしたためる。この場合は和歌のないことによって、切迫した状況であることが読み取れる。

✻式部から継母の計略を知った姫君と侍従はどう対処すればいいのか途方に暮れる。

侍従は継母の悪事を中納言に打ち明けてはどうかと提案するが、姫君は邸から出奔することを望む。

姫君は、もし乳母が健在ならば、何とかしてくれるだろう。今は侍従が乳母の代わりなのだから、何とかしてほしいと懇願する。困った侍従は、故母宮の乳母だった人が、出家して住吉にいることを思い出して、その住吉の尼君に手紙を出して救済を依頼することになった。こういった長文の手紙がやりとりされるのも『住吉物語』の特徴か。

乳母というのは養君のために、損得勘定なしに働くものであるが、住吉の尼君は姫君の母の乳母ではあるが、姫君とは直接は無関係のはずである。それにもかかわらず、養君の娘ということで、この尼君が姫君の出奔の手助けをするというのである。これも乳母の論理ということになる。

★9　「住吉の尼君」について

姫君の窮地を救うために要請されたのが「住吉の尼君」である。すでに出家して尼になっているにもかかわらず、しかも姫君と直接の主従関係でもないのに、なぜ「住吉の尼君」はわざわざ住吉から姫君を救済にやってきたのであろうか。

その答えは、尼君がかつて母宮の乳母だったからであった。普通に考えれば、母宮が亡くなった時点で両者の雇用関係は解消されるはずである。出家して京都を離れたのは、雇用関係から解放されたことを意味する。その時点で養君の娘との接点もなくなったのではないだろうか。それにもかかわらず、姫君は乳母(侍従の母)のつてを頼って、「住吉の尼君」に救済を要請している。これは虫のいい話ではないのだろうか。

どうやら平安朝の乳母の論理は、そんなものではなかったようだ。「住吉の尼君」は養君の娘であっても、養君と同じように尽くしている。姫君にしても、母の乳母に依頼することを躊躇などしていない。すべて当たり前のように展開しているではないか。

というより書名が『住吉物語』であるから、物語における「住吉の尼君」の比重は重いはずである。乳母の論理でも想定しないと、こういった展開を自然なものとして受け入れるのは容易ではあるまい。

◆二九　尼君の手紙

住吉に行って、「これこれ」と申し上げる。尼君は急いで手紙を開封し、泣く泣く見て、ご返事に、

仰るように世を背いて住吉の辺りにございますものの、明け暮れ昔の人の事ばかり心に掛かって、毎日を過ごしておりますが、まだお若かった姫君を後に残し申し上げたので、どのようにご成長なさっただろうと、気になり、仏道修行の妨げになっております。忘れ草も名ばかりで、片時も忘れ申し上げることはございませんが、はかない世間の習いでしょうか。すぐにお会いしたいと思って過ごしているうちに、若い皆さんの方が私の事を思い出されて、このように仰せられたことは嬉しいことです。ともかくも仰せに従って急いでうかがいます。かしこ。

と返事を書いて寄こし申し上げたので、姫君と侍従は少し心が晴れて、こっそりここを出る準備を侍従と打ち合わせていらっしゃる時に、『中納言殿は、ひどいことをお聞きになりながら、姫君を見はなさず、いとしくお思いになっているのを、ここから遠くに去り申し上げたら、どれほどお嘆きになることか』と思い続けて、二人ともうつ伏して涙を流してばかりおられるところを、中納言がご覧になったので、二人はさりげなく振舞っていらっしゃったが、その姿はことのほか衰えて見えたので、中納言は涙が漏れてきた。そこで『三条の邸へ御渡りになる日も近づいたのに、どうしてうつ伏して泣いてばかりで衰弱しているのか』と思って継母に相談申し上げなさると、「なにを思っていらっしゃるのか。誰を恋い慕っていらっしゃるのか」とぶつぶつ言うのをご納得できず、いろいろ慰めになるようなものを侍従のところに遣わされたので、「こんなにかわいがってくださる親を捨てて出奔したら、さぞかしお嘆きなさるだろうことの罪深さよ」といってまたお泣きになるのだった。

❖住吉に行きて、「しかじか」と聞ゆ。あま君はいそぎあけ、なく〳〵みて、御返り事に、

誠に、よをそむきてすみよしのあたりに侍りながらも、朝夕はそのむかしの人の御事のみ心にかゝりてあかしくらす中に、二葉に見えさせ給ひしをふりすて奉りしかば、いかにいかにおひ出させ給ふらんとゆかしく、おこなひのさまたげとならせおはしませば、わすれ草もなのみして、かた時もわすれ奉る事はなけれどもはかなきせけんのくせにてよな。いま〳〵と思ひてすごしつる程に、わかき御心ちどもにおぼし出て、かやうに仰せられたることの御うれしさよ。さても〳〵仰せのまゝにいそぎ〳〵みづから。あなかしこ〳〵。

とかきて参らせたりければ、ひめ君・じゞう少しはるゝ心ちして、人しれず出でたゝん事をじゞうに云ひあはせ給ふうちに、『中納言殿の、ゆゝしき事を聞き給ひながら、思ひすてずあはれにおぼしたるを、はなれ奉りなば、いかにおぼしな

げかん』と思ひつゞけて、ふたりながらうつぶしがちにて侍るに、中納言の見給へば、さりげなくつくろひておはしけれ共、すがたもことのほかおとろへたるに、涙のもり出ければ、『三条へわたりたまはん事もちかくなりたるに、いかに、うつぶしがちにておとろへ給ふは』とてまゝはゝに聞えあはせ給へば、「何事をおぼすにか。いかなる人をこひ給ふにや」とつぶやくを心得給はで、さま〴〵のもてあそびなどたてまつり、侍従がもとへつかはしければ、「かばかりおぼしたる親をふりすてゝいなば、おぼしなげかんことのつみふかさよ」とて又なき給へり。

○わすれ草もなのみして―忘れ草は住吉の名物。「わすれ草おふとしきけばすみのえの松もかひなくおひにけるかな」（『斎宮女御集』）。
○うつぶしがち―「うつぶす」のは病という以上に悲しくて泣いているしぐさを表わす。しばしば髪の描写を伴い、一種の美的表現となることもある。「がち」が付いているのは『住吉物語』の独自表現か。
○おとろへ―この場合は老衰ではなく、元気がない、痩せてみえる、弱っているの意味。
○かばかり―底本「かはゆがり」（孤例）を他本によって改めた。「これほど」（成田本）、「かばかり」（藤井本）、「かくばかり」（国会本）、「いかばかり」（住吉本）、「是程に」（契沖本）、「かほどに」（御所本）。

✿使いが住吉へ赴き、尼君に手紙を渡す。尼君は躊躇することなくすぐに京へ参りますと答える。そして長い手紙が添えられた。

手紙を受け取った姫君と侍従は、こっそり出立の準備をするのだった。唯一の気がかりは、決して姫君を見捨てない父中納言（ちゅうなごん）の愛情に背くことである。私が突然いなくなったら、中納言（ちゅうなごん）はどんなにかお嘆きになるだろう、そう思うと姫君は涙があふれ出るのだった。

継子譚というか『住吉物語』に欠けているのは、父と娘が本音で話し合うことであろう。だからこそ愛情はありながら心のすれ違いが生じるのである。もっともそれで誤解が解消したら、住吉下向も不用になってしまうのだが。

◆三〇　露の身

中の君・三の君が姫君のところにいらっしゃって、「どうされました。いつもうつ伏して泣いてばかりなのは」などと申し上げると姫君は、「このところ、どうしたことか、世の中がつまらなくて、消え失せてしまいたいと思っています。もしそうなった時には、私のことを思い出してくれますか」と、涙がちにおっしゃるので、「まあ、縁起でもない。どうしてそんなことがありましょうか。そんなことになれば、侍従の君がどんなにか恋しく思いなさることでしょう」というと、侍従は、『そんなことになればあの世までも姫君のことを偲びます』などと御冗談ながらも悲しく忘れがたいことなので、涙がとまらず、侍従は、

命があればめぐり逢うこともあるかと思うので、津の国の生田の森に住もうと思います。

と口ずさんで、人が変に思うほど泣くのだった。中の君は人の情をわきまえていらっしゃるので、何とはなしに涙をぬぐっていらっしゃった。姫君は「露のようなはかない身ですから、どのようになるのか、どう思われますか」など申しあげると、中の君は、

　同じ草葉に宿ると誓ったのですから、夜半の白露のように一緒に消えましょう。

とおっしゃると、姫君も侍従もたいそう涙が催されて、別れることを悲しく思ったのであった。中の君・三の君は、『なんとなく世の無常を悲しく思い、いつも心を澄ませていらっしゃる人なので』と、通り一遍のことを思って、それぞれお帰りになった。

　例の心寄せの式部が、ちょっとしたついでに立ち寄って、「継母のたくらみが近づいてきました。どうなさるおつもりでしょうか。たいそうお気の毒なことです」と申しあげると、「そのようにお思いくださるのはありがたいことです。後の世までも忘れはしません」というと、「本当に、こ

うして継母に仕えてはおりますが、姫君様を主人とも思っておりますのに、これからどのようにおなりになるのでしょうか」といって泣くのであった。

❖中の君・三のきみわたりて、「いかに、つねにうつぶしがちには」などきこゆれば、「此の程は、いかなるべきにか、世の中もあぢきなくて、きえもうせまほしき程になん。もしさもあらんには、おぼし出なんや」と、袖も所せくのたまへば、「あなまが〳〵しさ。何しにか、さる事はあるべき。侍従の君、いかにこひしくおはせん」といへば、じゞう、『いかならん世までもたれかしのびさぶらはん』など思ひ侍るに、御たはぶれながらも、あはれにわすれがたく思へる事のなみだをすゝめて、じゞう、

いのちあらばめぐりやあふと津の国のあはれいくたのもりにすまばや 29

と口ずさみて、人めあやしき程にぞありける。中のきみ、物のあはれをしり給へば、其の事となく涙をのごひ給ひけり。ひめぎみ、「露の身のはかなさ、いかやうなる程に、いかゞ」など聞ゆれば、なかのきみ、

ちぎりてぞおなじ草葉にやどるらんともにぞきえん夜半のしらつゆ　30

といひ給へば、ひめぎみもじゞうもいとゞなみだもよほされて、わかれん事を『かなし』と思ひけり。中のきみ・三のきみ、『なにとなく世のはかなさをあはれと思ひ、つねは心をすましておはする人なれば』と、おほかたのことを思ひて、おの〳〵帰り給ひけり。

こゝろよせのしきぶ、ひまもあれば立ちよりて、「たばかり給ふ事ちかくこそ。いかにせさせ給ふべきにか。いとあはれにこそ」ときこゆれば、「かやうにおぼしたる事の忍ばしさよ。いかならんよ迄もとこそ思ひ侍る」とあれば、「誠にかくてさぶらへ共、御方を頼みこそ奉りつるに、いかにならせ給ひなんずるにか」とてうちなきけり。

○たれかしのびさぶらはん―引歌。「かくしつつ夕べの雲となりもせばあはれかけてもたれかしのばむ」(『新古今集』一七四四番)。
○いのちあらば―「生田」に「生く」が掛けられる。暗に決別を示唆した歌。また生田が住吉に隣接している場所であることにも注意。「命あらば又もや逢ふと津の国のあはれ生田の森に住まはや」(『松風村雨』)。
○露の身のはかなさ―引歌。「露をなどあだなるものと思ひけむ我が身も草に置かぬばかりを」(『古今集』八六〇番)、「みな人の命を露にたとふるは草むらごとにおけばなりけり」(『拾遺集』一三二五番)、「たのめをくほどをもまたず露の身のきえなんあとぞかなしかるべき」(『苔の衣』)。
○ちぎりてぞ―「ちぎりてしおなじくさばにやどるてふともにぞきえん夜半(よは)のしら露」(『松風村雨』)。

✿姫君の出奔(しゅっぽん)の前に、中の君と三の君がお見舞いにやってきた。ここにも「うつ伏しがち」という言葉が用いられている。「消えも失せ」とは亡くなることだが、私がいなくなったら思い出してくれますかと、さりげなく別れの挨拶(あいさつ)をしている。

なおここでは侍従が先に歌を詠じ、それに中の君が応じている(三の君の歌はない)。それだけ侍従に存在感があるということである。姫君と侍従はこれが見納(みおさ)めと思って涙にくれているが、中の君と三の君はいつものことと思って帰って行った。

★10「心寄せの式部」について

「むくつけ女」の対極として位置付けられるのが二五章に登場した「心寄せの式部」である。式部という女房名にわざわざ「心寄せ」とついているのは、その呼称によって善悪つまり敵か味方かが付与されているからである。姫君へ「心寄せ」しているというのは、要するに姫君の味方という設定になっているのだ。式部は継母に仕える女房であるが、継母のやり方が見ていられず、そのため情報を姫君側に流したのである。

乳母については、養君に忠実に仕える存在であることを述べたが、それに対して普通の女房は、主人を裏切る可能性を秘めている。姫君にとってはありがたい味方であるが、継母からすればこちら側の情報を漏らす裏切者だからである。

同じような女房として「筑前」があげられる。「筑前」も継母に買収されて、少将を裏切っているからである。もっとも式部は姫君側から買収されてはおらず、むしろ気の毒に思って好意的に接している。だから「心寄せ」なのである。もちろん物語の末尾において大切な存在としてもてなされることになる。

この人物関係を整理すれば、裏切らない乳母と裏切る女房という対比構造が認められそうである。さらに継子譚ということで、同じ乳母にしても姫君に味方する乳母と、害をなす乳母に分けられる。同様に女房にしても姫君を裏切る女房と、継母を裏切る女房に分けられる。「心寄せ」というのは、必ずしも善的存在ではなく、裏切り行為を伴うものだったのである。

◆三一　別離

そうこうするうちに、住吉の尼君が上京して、その旨を伝えると、日がくれる頃にひそかに車を寄こしてくださいと返事をして、その間に見苦しいものは整理しておいた。姫君の心中はどれほど悲しみが深いだろうか。その時ちょうど中納言がいらっしゃったので、素知らぬ顔でいらっしゃったが、『これが父上とお会いする最後になるだろう』と思ったので、我慢できない悲しみが現れ、顔に降りかかった髪の隙間から涙が漏れ出ているのを御覧になって、中納言は「どうなさったのですか、故母宮のことをお考えですか。亡くなった乳母のことをなつかしんでいるのですか。あるいは左兵衛督との結婚が気に入らないとお思いなのですか。ともかくどんなことでも思っていらっしゃることは私におっしゃってください。親が子を思うほどには、子は親のことを思わないのは辛いことです。私が姫君のことをどれほどいとおしいと思っておりますことか。たとえ頭の髪の毛を一本一本抜き取られても、いやだとはいいませんよ」とおっしゃると、「母宮のことも、また乳母のことも思っているわけではありません。ただ父上とお会いしないままで過ごすことになるのが悲しいのです」など、言葉も聞こえないくらいに涙ながらに申し上げなさると、中納言も涙ながらに、「たとえ三条へお移りになっても、私が生きている間は、あなたと離れることはありません。どうしてそんな風にお思いなのですか」といってお立ちになるので、『お姿をもう一度』と思って顔をあげてご覧になると、涙にくれて目も見えず、そのまま心神喪失になるほどであった。姫君は侍従と一緒にずっと泣いていらっしゃる。

❖去程に、住吉のあま君のぼりて「かく」とつげれば、くるゝ程にしのびたる車奉り給へと云ひ返して、其の程に見ぐるしき物共とりしたゝめてけり。心の中、いかばかりあはれ也けめ。其の時しも中納言わたり給ひたりければ、さりげなくしておはしけれども、『此の度ばかりこそ見奉り侍らんずらん』と思ひければ、しのびがたき色もあらはれ、かほにふりかけたるかみのひまより涙もり出るを見給ひて、「いかに、母宮の事をおぼすにや、めのとの事ゆかしとおぼし出るにや、またひやうゐの事を心づきなくおぼすにや。ともかくも何事にてもおぼさんやうに聞え給ふべきにこそ。親の思ふばかり子は思はぬ事のこゝろうさよ。いかばかりにかあはれとおもひ侍る。かしらのかみをすぢことにとありとも、いなぶべき身かは」との給へば、「は、宮の事も、またのめのとのことも思ひ侍らず。殿をも見侍らでほどふる事もやとかなしく」など、ことばも聞えぬ程になく〳〵きこえ給へば、中納言打なき給ひて、「三条におはします共、まろがいきたらんほどは、はなれきこゆべきにあらず。何かは其のことをおぼす」とて立給ふを、『今一度』とかほふりあげて見給ふに、目もくれ心もきゆるほどにぞありける。じゞうともにぞなきゐたるたまへる。

○かほにふりかけたるかみ―悲しみの顔を見せないように顔を髪で覆い隠したのであろう。「公忠を近く召して見せたまひければ、髪をふりおほひていみじう泣く」（『大和物語』一三三段)。
○親の思ふばかり子は思はぬ—当時の諺。現代の「親の心子知らず」に同じ。「あはれ親の子を思ふやうに子は親をおもはざりけるよ」(『保元物語』中巻)、「おやのおもふ程は、おぼさざりけり」(『中将姫絵巻』)、「おやのおもふばかり、子はをもはざりけるよ」(『忍音物語』)。
○かしらのかみをすぢことにとありとも—未詳。一本一本髪の毛を抜き取れという意味か。あるいは困難を意味する当時の諺か。

✿そうこうするうちに、住吉の尼君が上京してきた。いよいよ出奔の時が近づいたのだ。ちょうどその時中納言(ちゅうなごん)がいらっしゃったので、何気ないそぶりで応対したが、心の中ではこれが最後の見納めと思うと涙が込み上げてきた。事情を知らない中納言(ちゅうなごん)は、亡き母親のことを思い出しているのか、それとも亡き乳母のことを慕っているのか、それとも左兵衛督との結婚が嫌なのかと的外れ(まとはず)なことを尋ねている。

それに対して姫君は、中納言(ちゅうなごん)と別居することが悲しいのですと答えている。これは出奔するからであるが、中納言(ちゅうなごん)は結婚して三条の邸に移ることと勝手に解釈して姫君を慰めている(二六章参照)。最後まで父娘の思いはすれ違っていた。

◆三二　住吉退去

夜が更ける頃、牛車の音がしてきたので、櫛の箱と御琴だけをお持ちになった。牛車の後方には侍従が乗った。ちょうど九月の二十日過ぎだったので、有明の月の光が趣き深い中、京都をお離れになる心の内はどれほど悲しいものだろうか。風が激しく吹く空に、数足らずに帰る雁が鳴き渡る声も、折知り顔に鳴いているように聞こえる。雲の間から出る月は、普段より自分をなぐさめてくれているような心地がする。

さて、尼君のところに行って、心を込めて子細をこまごまと話すと、「なるほど京をお離れになろうとなさるのも道理ですね。今も昔も継母と継子というのは尋常ではありませんね。継母とはいいながら、どこがそんなに憎いのでしょうか。あきれたことです。こんな世の中だから、私は俗世を捨てて出家したのです」といって、墨染めの衣の袖を絞るほどにお泣きになった。
その夜のうちに淀に到着した。

❖さよふくるほどに、車のおとの出来たれば、くしの箱と御琴ばかりぞ持ち給へる。御車のしりには侍従のりたり。比は長月の廿日あまりの事なれば、有明の月の影もあはれなるに、出て行き給ひけん心のうち、いかばかりかなしかりけん。あらしはげしきそらに数たらぬねをなきわたるかりも折しりがほに聞ゆ。雲まを出る月の、つねよりも我をとぶらふこゝちぞしける。

さて、あま君のもとに行きて、かきくどきこま〴〵とかたりければ、「誠におぼしたつも御理にこそ。今も昔も誠ならぬおや子の有様のゆゝしさよ。継母ながらもいづくをにくしとか見給はん。あさまし。かゝるうき世なれば、思ひ捨て侍る物を」とて、すみぞめの袖をしぼるばかりにぞありける。

夜中によどにつきてけり。

○くしの箱と御琴―姫君が携帯したのは亡母の遺品であり、姫君を守護するものでもある。特に『住吉物語』では琴が重要なアイテムになっている。「御櫛の箱ひきさげて乗りぬれば」(『落窪物語』巻二)。

○御車のしり―目上の人が車の前部に、目下の人が車の後部に乗る。車の後ろに乗る者は、中にいる人が落ちたりしないように世話をする。後部は乗りごこちが悪い。「北の方、むすめどもは口の方にのせて我は後の方に乗りたれば」(『落窪物語』巻二)、「小君御くるまのしりにて」(『源氏物語』空蟬巻)。

○長月の廿日あまり―継母の悪計が十月十日以前なので、この時期になる。後の住吉の描写に朝顔が見えており、九月(秋)が相応しい。「神な月廿日あまり」(成田本・国会本・住吉本・御所本・真銅本・陽明本)では遅すぎる。「今来むといひしばかりに長月の有明の月を待ちいでつるかな」(『古今集』六九一番)。

○有明の月の影―姫君の心情を景物の擬人的表現によって表わすのは、以下にもたびたび見られるこの物語の特色である。

○数絶らぬ―「北へ行く雁ぞなくなるつれてこし数はたらでぞ帰るべらなる」(『古今集』四一二番)、「古歌に数はたらでぞかへるべらなるといふをおもひ出でて」(『土佐日記』)。これを本歌とすると、「数絶えぬ」よりも「数たらぬ」(成田本)の方が本文としてはふさわしい。ただしこの場面は晩秋、つまり雁が北から戻ってくる季節であり、また姫君は都から退去する時なので、状況としては一致していない。

○よど―京都市伏見区の地名。往古は宇治川と鴨川の合流点あたりまでのことを言った。当時の水上交通の要衝。一行はここから船に乗って川を下る。後半の住吉から都へ戻る場面でも淀が出ており、都の境界線的場所として設定されている。

✲遂に迎えの車がやってきた。ここで姫君は櫛の箱と琴を携帯している。これに何か意味があるとすれば、それは継子苛めの物語に必須の亡き母の形見の品であろう。特に琴は姫君のアイデンティティ（存在証明）というか、姫君の居場所を告げるシグナルの役割を果たしているものであり、住吉でもこれが少将との再会に機能する。

　つまり、母の形見であることは、亡き母が娘を守護し、娘の幸せを願っているということである。

三三　姫君出奔

少将は、その同じ夜に対に行って、兵衛佐という女房を介して侍従を捜したところ、どこにも見当たらない。姫君のいらっしゃるところに一緒に寝ているのかと几帳の奥を見ると、姫君もいらっしゃらないのであった。驚いて女房達に捜させたけれども、どこにもいらっしゃらなかったので、妙だと思われた。「それでは中の君・三の君のところにいらっしゃるのだろうか」というと、「軽々しく他所へいらっしゃるようなお方ではありません。何かおありになったのでしょうか」と、みんなでお捜しになった。

夜も明けたので、いつもいらっしゃるところを見ると、傍にあるべき夜着もなくて、きちんと整理されている様子なので、本当に悲しくて、それぞれ密かに泣くのだった。中納言に「これこれ」と申し上げると、驚き騒いで大声を出して泣き悲しみなさることはたとえようもなかった。中の君と三の君は、「妙に、このところ辛そうにお思いになっていたようですが」「これほどまでとは思いもしませんでした」といって、おのおのお悲しみになった。継母は驚いた風をして、「侍従の里にいるかもしれない。お尋ね申せ」といって、中納言殿の傍で泣く真似をして渋い顔をしていた。少将は『こうなることがわかっていたので、情けのあるご返事をなさったのであったか』と思い続けて、西の対の簀子にすわってさめざめとお泣きになった。

❖少将、其の夜たいに行きて、ひやうゑのすけと云ふ女してじゞうを尋ねさすれば、音もせず。ひめ君の御跡にふしたるかときちやうを見るに、ひめ君もおはせざりけり。うちさわぎて、人々にたづねさせけれ共、見えさせ給はざりければ、あやしく思ひけり。「さても中の君・三の君のもとにおはするにや」といへば、「こゝろかろくたち出給ふべき人にもあらず。いかなるべきにも」とてたづねあへり。

夜も明けぬれば、つねにおはせし所をみれば、かたはらなる夜のふすまもなくて、とりしたゝめたるけしきなれば、まことにかなしくて、各しのびねになきけり。中納言に「しか〴〵」ときこゆれば、あきれさわぎて、こゑをさゝげてなきかなしみ給ふ事たとへんかたなし。中の君・三の君、「あやしく、此の程心うき物に思ひ給へしかば」「かくまでとは思はざりし物を」と、各かなしみ給ひけり。まゝはゝあきれたる様して、「侍従が里にか。尋ね奉れ」とて、中納言殿のかたはらになくよしにてにがみゐたり。少将は、『かゝりければなさけある御返り事をばし給ひてける』と思ひつゞけて、たいのすのこにさめ〴〵となきゐ給へり。

○ひやうゑのすけ―新登場の女房。しかしこの呼称は中の君の夫である兵衛佐と紛れやすい。侍従が不在なので、新たな取次の女房が要請されたのでる。
○にがみゐたり―不愉快な顔をする。姫君の出奔を嘆き悲しむ人々の中で、ただ一人泣かない継母が対照的に描かれている。「暑きにと、にがみ給へば」（『源氏物語』帚木巻）。

✿その夜、姫君のもとを訪れた少将は、異常事態に気づく。普段なら侍従が応対に出てくるはずだが、その侍従が見つからない。驚いて他の女房に捜させるが、どこにもいなかった。

夜が明けてからあらためて姫君のいらっしゃるところを見ると、きちんと片づけてあった。中の君と三の君は、最近お辛そうにしていらっしゃったことを思い出す。実は継母が姫君を主計助と娶(めあ)わせようとたくらんでいたのだが、そのことは誰も知らなかった。

落窪の姫君は継母に閉じ込められていたのを少将によって救出されたが、住吉の姫君は自らの才覚で継母の魔の手から逃れている。これも両作品における大きな違いの一つといえる。

◆三四　うす紅葉

三の君があちこち見て回られたところ、母屋の御簾に薄様の書き置きが結んであった。何気なく取って見ると、姫君の筆跡で、

あらぬうわさだけが立つという竜田山ではないが、その山の薄紅葉が散った後は誰が思い出してくださるでしょうか、誰も思い出してはくれません。

とだけお書きになってあった。これをご覧になってますます悲しい気持ちが強まって、中納言にお見せ申し上げると、「姫君に一体どんなことがおありになったのだろうか。私にはそれをおっしゃってほしかったのに。親が思うほどに子は親のことを思わないのは辛いことだ」といって書き置きを顔に押し当ててうつ伏せなさった。継母は「男などのところにいらっしゃったのでしょう。決して隠れたままではありますまい。そんなにひどく

お嘆きなさいますな。私もあなたに劣らず嘆いておりますよ」などいうと、中納言は、「多くの子供の中で、この姫君ほどの子が他にいるだろうか。わが身と取り替えたいけれども、思いどおりにならない世の中なので」と何度もくり返しなさると、継母は、「侍従に心を乱されて、あちこちさまよっていらっしゃることも知らないで」とぶつぶつといっているので、「不愉快だ。何をいっているんだ」とお嘆きになった。

❖三のきみ、こゝかしこ見ありき給ふ程に、もやのみすにむすびたるうすやうありけり。なにとなくとりて見れば、ひめぎみの手にて、

なき名のみたつたの山のうすもみぢちりなんのちをたれかしのばん 31

とばかり書き給ひたりけり。是を見給ひて、いよ〳〵あはれまさりて、中納言に見せ聞ゆれば、「いかなる事の有りければにや。われには云ひ給ふべきにこそ。親の思ふばかり子は思はぬ事の心うさよ」とて、是をかほにおし当てうつぶし給ひけり。継母、「男などのもとにおはしたるにこそ。よもかくれはて給はじ。い

たくなげき給ひそ。われもおとらず」など云ひければ、中なごん、「多くの子供よりも、此の君ばかり誰かは有る。わが身にもかへまほしけれ共、心にかなはぬ世なれば」と打くどき給へば、まゝは、「じゞうにくるはされて、よもの振舞共し給ふもしらで」とつぶやきゐたれば、「むつかし。こは何事ぞ」となげき給ひける。

○うすやう—姫君の置き手紙。ここでは三の君が積極的に動いているが、本来ならばこれは中の君の役割ではないだろうか。御簾に付けられた手紙としては定子皇后の例があげられる。

○なき名のみ—「たつ」に名が「立つ」と「竜田山」が掛けられている。竜田山は平安朝における紅葉の名所。「薄紅葉」がまだ完全に紅葉していない「初紅葉」と同一とすると、前に既に「長月の廿日あまり」（晩秋）となっているので時期的にほぼ一致する。また下句に「散る」とあるのはその後のことである。「薄紅葉」という表現は歌語として確立していない。後の少将の竜田山越えとの関連も考えられる。「なき名のみたつたの山のあをつづら又くる人も見えぬ所に」（『拾遺集』六九九番）、「君故にかきあつめたる木の葉共の散りなん後を誰か問はまし」（『のせ猿さうし』）、「うき名のみたつたの山のうす紅葉散りなん後をたれかしのはん」（『松風村雨』）。なお『風葉和歌集』には同じく失踪場面として、「うきことゞもありて父の大納言のもとをしのびていづとてかきつけゝる　住吉関白北方　我が身こそながれもゆかめ水くきの跡はとゞめんかたみともみよ」の歌が収録されている。

○多くの子供よりも――作品中では中の君・三の君のことである。他にも継母腹の男子等があったとも考えられる。いずれにせよ父親の姫君に対する偏愛が、かえって継子苛めを誘発しているきらいがある。目の前でこのように言われれば、継母としても黙ってはいられまい。父親の言動としてはやや軽率であろう。「あまたのなかに、生まれたまひしより、かなしと思ひきこゆる心すぐれたり」(『夜の寝覚』巻二)。

✲三の君が姫君の部屋を調べたところ、母屋の御簾に手紙が結びつけてあるのを発見する。そこには私がいなくなっても誰も思い出しはしないでしょうと記されていた。

中納言は、何があったのか知らないが、せめて私にだけは告げてほしかったといい、「親の思うばかり子は思わぬ」といって嘆き悲しんでいる。それを見た継母は、姫君は男のもとにいったのでしょうから、そのうち見つかりますよと気休めをいう。すると中納言は「多くの子供よりも、此の君ばかり誰かは有る」と、中の君・三の君以上に姫君のことがかわいいという思いを吐露している。ここに中納言の姫君に対する愛情が表出しているわけだが、それは継母にとっては残酷な一言だった。

◆三五　住吉の情景

以下古活字本では下巻

出発の時刻になったので、尼君等を連れて川口を過ぎると、面白いことに行違う船に乗っているものたちが聞きなれない声々で「妻も定めない岸の姫松」と唄って漕いでゆく。それも初めての経験で趣深い。京の方向は霧で遮られて、ほんのわずかも見えない。比叡の山だけがほのかに見える景色は、物思いのない人ですらしみじみと悲しいであろう。まして尊い親と別れ、情け深い姉妹を振り捨てて、『これからどこへ行くのだろう』と思い続けなさる姫君の心の内は、どれほど悲しかっただろうか。姫君は、

　故郷を憂しと思って船で離れていく私は、一心に船を漕ぐではありませんが、京に恋焦がれて行きます。

と心細そうに物思いにふけっていらっしゃったので、尼君は、

　住吉の海女ではなく尼となってこれまで過ごしてきましたが、これほ

ど袖を濡らしたことはありません。

などといいつつ、住吉に到着すると、住之江というところで、長く住んで所々いたんでいる家に暮らしていたが、そこは海が入り込むところに家を造っていたので、簀子の下に泳ぎまわる魚なども見えて、南には村の家々の集まりがほのかに見えて、いくつかの苫屋で海藻を刈り干し、葦ぶきの粗末な家にものさびしく煙が立ち上っている様子は、薄墨で描いてある絵に似た光景である。東には籬に朝顔などが這い伝っており、岸にはいろいろの花や紅葉が並べ植えられている。西には海がはるばると見渡せて、並んでいる松の隙間からいくつかの帆掛け船などが淡路島を行き来する様子も、波にただよう海人の小舟のように、はかなく見えて、入日は海の中に入るように見えるのだった。何か用事でもない限り、人など訪れそうもない。静かでしみじみとした住まいだった。

❖去程になれば、あま君などつれて河じりを過ぎれば、をかしうも行きちがふ船に乗りたるもの共のあやしきこゑ〴〵して、「つまも定めぬきしのひめ松」とうたひてこぎ行くも、ならはぬ心ちしてあはれ也。京の方はきりふたがりて、そこはかとも見えず。ひえの山ばかりほのかに見えたるけしき、物おもはざらんそらだにあはれなるべし。いはんや、ありがたき親に別れ、なさけありしはらからをふり捨てて『いづちとゆくらん』と思ひつゞけ給はんこゝろのうち、いかばかりかなしかりけん。ひめぎみ、

　ふるさとをうきふねとのみさしはなれこゝろひとつにこがれこそゆけ　32

と心ぼそげにながめ給ひければ、あま君、

　すみよしのあまとなりてはすぎぬれどかばかり袖をぬらしやはせし　33

など云ひつゝ、住吉に行きたれば、すみのえとて所々すみあらしたるに、海さし入りたるにつくりかけたれば、すのこのしたに魚などのあそぶも見えて、南は一むらのさとほのかに見えて、とまやどもにみるめかりほし、あしの屋にこゝろぼそくけぶりたちのぼるけしき、うすゞみにかけるゑに似たり。東にはまがきにつたふあさがほなどかゝりて、きしにはいろ〳〵の花もみぢうゑならべたり。西に

は海はる〴〵とみえわたりて、なみたてるまつの木の間より、ほかけたる船共あはぢ嶋をゆきかふさまも、なみにたゞよふあまをぶねはかなく見えて、日の入るはうみの中にいるとぞあやしまれける。わざとならでは人などくべくもなし。しづかにあはれなるすみか也けり。

○つまも定めぬきしのひめ松——当時の俗謡（船頭の歌）か。「我みてもひさしくなりぬすみのえのきしのひめまついくよへぬらん」（『古今集』九〇五番）。
○ふるさとを——「浮舟」に「憂き」、「漕がれ」に「焦がれ」を掛ける。底本以外に、古活字十二行本・白峰寺本・昌悦本・真銅本等に見られる歌。
○すみよしの——「関白北方しのびゐていで侍ける舟のうちにてよめる　おなじあま」（『風葉集』一三四番）、「まつしまのをじまのいそにあさりせしあまのそでこそかくはぬれしか」（『重之集』）。
○すみのえ——古来、住吉と同義に考えられているが、ここでは「住吉」の江、つまり海辺を指す言葉。住吉よりも狭い地域を指す。現在の住之江区よりも海岸線は東へ寄っており、入江になっていたという。
○うすゞみにかけるゐに似たり——このあたりの住吉の風景の描写は絵画的である。あるいは、絵巻・絵本等による享受と関係があるか。「あしの屋にこゝろぼそくけぶり立のぼるけしきうすずみにかけるあしでににたり」(藤井本)、「あしの屋に煙ほそく立のぼるけしきうす墨にかけるあしでにゝたり」(無窮会本)、「ゆふぐれに難波わたりを見渡せばただ薄墨の芦手なりけり」(『続詞花集』七二七番)。これらの諸本は「芦手」とする。葦手は風景に文字を溶け込ませた書体のこと。和歌を書くことが多い。
○あさがほ—今は「九月廿日あまり」なので、朝顔や花紅葉の季節である。南・東・西と方位が明記されている点、「浦島太郎」のごとき四方四季(仙境・異郷)の世界を想定してのことか。あるいは屛風絵をもとにしているか。
○日の入るはうみの中にいるとぞあやしまれける—日想観(にっそうかん)の思想に基づいた表現と思われる。この住吉の尼の家を描いたあたり、阿弥陀信仰を基とする浄土教の色彩が濃い。「都にて山の端に見し月なれど海より出でて海にこそ入れ」(『後撰集』一三五五番)。

✽いよいよ姫君は、尼君に導かれて都から住吉へと出奔した。淀川では舟歌が聞こえてくる。また姫君と尼君も歌を詠み交わしている。

住吉に到着すると、住ノ江という海に面した家に住むことになる。そこは四方四季のような別世界で、姫君にとっては見るもの聞くもの珍しく、まるで極楽浄土のような住処であった。ここなら継母からの迫害も及ぶまい。

◆三六　住吉と都―回り舞台―

尼君が持仏堂を小さめに作って、阿弥陀三尊を描き写して並べて、日や月が出るころには西に向かって、「南無西方極楽教主阿弥陀如来、来世をお助け下さい」と申しているのを見るにつけ、来世に生まれたような心地がして、姫君も侍従も「早く出家して同じ尼にしてください」とおっしゃると、尼君は「御髪はそのままでもようございます。御心がけが大事です。今はこの老尼が申すままにしていらっしゃい。それが嫌なら姫君をお捨て申していなくなりますよ」というので、尼のいうことも背きがたいので、明け暮れには仏の御前で経を読み、花を奉りなどしてお暮らしになるのでした。

中納言はどうしようもなくて、「もう一度だけこの世に生きているうちに姫君と会わせてください」とお祈りなさるのであった。中の君と三の君などは、「姫君のことが何かにつけてあわれに思い出されます」「侍従がなにかと興趣があったのに」「ああ、どのようなところに住んで、都のことを思い出していらっしゃるのでしょうか」と忘れる間とてないほど偲んではお泣きになるのであった。継母は、「どうしたのですか。いつも忌々しいほどにお泣きになるのは。私に何かがあっても、決してそれほどお悲しみになりますまいに」と腹を立てたので、二人は自分の親ながらも、情けなくいやなものにお思いになった。

❖持仏堂ちひさやかにつくりて、あみだの三ぞんうつしならべて、月日の出づるばかりはあま君にしにむかひて、「南無西方極楽けうしゆあみだによらい、後生たすけたまへ」と申したるを見るにつけても、あらぬ世にむまれたる心ちして、ひめぎみも侍従も、「とくあまに成りておなじさまに」とのたまへば、あま君「御ぐしはとてもかくても侍りなん。御心にぞよるべき。今はこの老うばが申さんまゝにおはしまさずは、打すて奉りてかくれ侍るべし」といへば、是もそむきがたくて、明け暮れは仏の御まへにてきやうをよみ、花を奉りなどぞし給ひける。

中納言は思ひあまりて、「今一度此の世にてあひ見せ給へ」とぞいのり給ひける。中の君・三のきみなどは、「ひめ君の、ことにふれてあはれに」「じゞうが萬をかしかりし物を」「あはれ、いかなる所にすみて、都の事をおぼし出らん」と、わするゝ時なくしのびつゝなき給ふ。まゝ母、「何事ぞ。いつとなくいま〳〵しくなき給ふは。わがいかにもなりたらんには、よもかくはおぼさじ物を」と腹立ちければ、親ながらもなさけなくうたてにぞおぼしける。

○南無西方極楽―漢語。阿弥陀信仰が盛んになったのは、『往生要集』（九八五成立）前後からである。「南無西方極楽世界教主阿弥陀如来、かならず引摂し給へ」（『平家物語』灌頂巻）。「引摂」とは悟りに導くこと。
○親ながらもなさけなく―継子苛め譚における継母の実子でありながら、継母と実子の間には大きな溝がある。『住吉物語』の場合、継母だけを悪役に仕立て上げており、その点『落窪物語』とは大きく違っている。

✿住吉に到着した姫君は、尼君に出家させてほしいと懇願する。それに対して尼君は、剃髪することを諫め、もし私のいうことに従わないのなら、私はここから出て行きますよと脅している。やむなく姫君は出家を思いとどまるのだった。これが後の少将との逢瀬につながる。

一方、都の中納言邸では、中納言はもとより、中の君も三の君も姫君のことを恋しく思いあっている。それを見た継母は、もし私に何かあっても、それほど悲しむことはないでしょうと憎まれ口をたたく。継母は孤立しているのである。

◆三七　冬籠り

　さて、住吉では次第に真冬の寒さになってくるにつけ、たいそう寂しさも募って、暴風が吹けば自分の身の上に波がかかってくる気持ちがしたのだった。沖から漕いでくる船からは奇妙な（卑しい）声で、「にくさびかける」など唄っているのも、それでもやはり趣深く感じられた。住之江の浦には霜枯れた葦が氷に閉ざされた中に、水鳥が一つがい、上毛についた霜を払うのを見るにつけても、思い残すことなどないほど物思いの限りをつくしたのだった。姫君は『中納言殿をはじめとして、周りにいる人々は私たちがいなくなってどれほど嘆いていらっしゃるでしょう。親に心配をさせ申し上げるのは、罪深いことでございます。せめて自分が生きていることだけでもお知らせ申し上げよう』と思って、尼君のところにいる童で、京都から連れてきた者に、「これこれのところに手紙を持参して、どこからの手紙かはいわないで、この手紙を渡して、すぐに姿を隠しなさい」とよくよく教えたのだった。

❖さて、住吉にはやう〳〵冬籠れるまゝに、いとさびしさまさりて、あらき風ふけば、我が身の上に波立ちかゝるこゝちしてける。おきよりこぎくるふねにはあやしきこゑにて、「にくさびかける」などうたふも、さすがにをかしかりけり。すみのえには、霜がれのあし、こほりにむすぼゝれたる中に、水鳥の一つがひ、うはげのしもうちはらふにつけても、おもひ残す事なかりけり。『中納言殿よりはじめて、かたへの人々、いかにおぼしなげくらん。おやに物を思はせ奉るは、つみふかき事にこそ。いきて有りとばかりしらせたてまつらん』とて、あまぎみのもとに、わらはの京よりぐしたりしに、「しか〴〵の所にもちて参りて、いづくよりといはで此の文たてまつりて、さてにげかくれね」と能々をしへてけり。

○にくさびかける―当時の俗謡の一種か。「こぎゝぬやあまのかぜまもまたずしてにくさびかけるあまの釣舟」（『小町集』）、「にくさびぞかくべかりける難波潟舟うつ波にえこそねられね」（『夫木集（ふぼくしゅう）』）。

○うはげのしもうちはらふにつけても—後出の「つがはぬをし」と対応している。「わがごとぞ水のうきねにあかしつゝ上毛の霜を払ひわぶなる」（『更級日記（さらしなにっき）』）、「はねのうへのしもうちはらふ人もなしをしのひとりね今朝（けさ）ぞかなしき」（『古今六帖』一四七五番）、「行き通ふあとは絶えしを水鳥のうは毛の霜や羽をとづらん」（『大斎院御集（だいさいいんぎょしゅう）』）。

○わらはの京よりぐしたりし—尼君が召し使っている童。童は一見頼りなさそうであるが、案外物語などでは有能な使者として活躍している。なお童といってもそれは職掌的（しょくしょうてき）なもので、必ずしも年齢的に若いということではない。また神が童の姿で具現することも多い。童には神の使者としての資格も付与されている。

✿ここには住吉の冬景色が描かれている。もちろん京都に海はないので、経験したことのない景色である。船から聞こえてくる「にくさびかける」は舟歌の一種であろう。三五章にも「妻も定めぬ岸の姫松」という舟歌が出ていた。姫君は父に無事で暮らしていることだけでも知らせようと思い、手紙をしたためる。使いには京都の事情をよく知っている童を選び、どこから来たかを悟（さと）られないようによくよく教えている。童はそれを守り、手紙を渡すとすぐに立ち去っている。用意周到（しゅうとう）なやり口である。

◆三八　姫君の文

　さて、童が中納言のところにいって手紙を渡すと、「どこからの手紙か」と下仕えが出て受け取った。名を尋ねても童は申し上げない。出てみると使いはもういなかった。「何事だろう」と手紙を開けてみると、そこには姫君の筆跡で、

　ああ恐縮です。世間が辛くて忍び難いので、私は行方もわからぬように出奔したことを、お嘆きになっている人もいらっしゃるだろうと思います。あきれることながら、家を出ました気持ちをどうぞご想像くださいませ。心慰むこともございませんが、都から吹いてくる風に、そちらのことを懐かしく思って日々を過ごしております。みなさまおすこやかにいらっしゃるでしょうか。ああ、今を昔のようにすることができる世でありましたらどんなにかよかったでしょうか。それにし

ても父君はどんなにかお嘆きのことでしょうか。親を嘆かせることは特別罪深いことでございます。せめてこの頼りない私の命が長らえていることだけはお知らせ申し上げておきます。

と書いてあって、末尾には、

朝顔の花の上の露よりもはかないものとして、陽炎のあるかないかわからないような心地がして、世の中を秋風が吹き渡り、群れ集まる鶴が別れ別れになって、ただ一人だけで荒磯海の貝もない（甲斐のない）浦に海水でずぶ濡れの海女の羽衣は、私の袖と同じようにかわかしがたくおります。月日の経つにつれて、嘆きはますます増すばかりです。じゅんさいを取る人がないように、山のふもとを流れる水があきれるほどに流れ出て、降るではないが故郷に帰ろうとも思われません。どのように約束したのか古の前世の因縁なのか、父親からは離れて鶴の子が空遠くはるかに別れて、行方知れずとなり、白波が寄るではないが夜の衣を返し返しして、寝る夜の夢に会うのではなく、直に恋しい人に会うという陸奥の阿武隈川を渡るはずもないわが身ですから、蜘蛛の八方の手のようにあれこれと思い悩んでいます。鳥の声さえ聞こえもしない遠い十市の山の谷が深いので、たとえ身は朽ち果てても、長い年月人に知られない埋もれ木となってしまいそうなわが身ですこと。

浜千鳥の足跡（私がどこへ行ったのか）さえも知らせませんが、それでも潮の干る間にお捜しになってください。

と書かれていた。これを見た人の心痛をとにかく推し量ってください。手紙を中納言にお見せすると、声も惜しまず泣き悲しみなさることこの上ないほどだった。「この手紙の使いを見失ったことが悔しくてたまらない」といって手紙を顔に押し当てて、その上にうち伏して、かえって今までひたすら思っていたより悲しくて、「どんなところに慣れない思いで旅立って、日々を過ごしているのだろうか」と悲しさが一層増して、そのまま出家しようとなさるのを、周りに従っている人々は、「もう一度、今のお姿で姫君と再会申し上げなさるのが、誰のためにも本意に叶うことでございます」といってお止め申し上げた。

❖さて、文をとらすれば、「いづくより」とてはした者、出でてとりぬ。名をとへば申さず。出て見れば使なし。「いかなる事にか」とてふみを見れば、ひめぎみの御筆跡にて、

あなゆゝし。世の忍びがたさに、行末もしらぬ程に成にしことを、おぼしなげく人もおはすらん。あさましながら、たびだちつる心、たゞおぼしめしやらせ給へ。なぐさむかたとては、そなたの風のむつましくて、あかしくらすになん。たれも〳〵おはしますにや。あはれ、むかしを今になすよなりせばな。さても殿、いかにおぼしなげかせ給ふらん。ことにつみふかくこそ。はかなき命ながらへたりとばかり聞え奉るになん。

と書きて、おくには、

あさがほの　花の上なる　つゆよりも　はかなきものは　かげろふの　ある
かなきかの　こゝちして　世を秋風の　うちなびき　むれゐるたづの　わか

れつゝ　只ひとりのみ　ありそ海の　かひなき浦に　しほたるゝ　あまの羽
衣　わがごとく　ほしやわづらふ　日をへつゝ　なげきますだの　ねぬなは
の　くる人もなき　あしひきの　山した水の　あさましく　流いでにし　ふ
る里に　帰らんとだに　おもほえず　いかに契りし　いにしへの　すく世な
ればか　たらちをの　中をはなれて　鶴のこの　雲井はるかに　たちわかれ
ゆくゑもしらず　しらなみの　よるのころもを　かへしつゝ　ぬる夜の夢の
ゆめならで　こひしき人を　みちのくの　あぶくま川を　わたるべき　我が
身ならねば　さゝがにの　くもでに物を　思ふかな　鳥のこゑだに　おとも
せぬ　とをちの山の　たにふかみ　くちはつとも　としをへて　人にしら
れぬ　むもれ木と　成りはてぬべき　わが身なりそも　34

はまちどり跡ばかりだにしらせねばなほたづね見んしほのひるまを　35

となんありける。是をみて、たゞあはれさおしはかるべし。中納言に見せ聞ゆれば、こゑもをしまずなきかなしみ給ふ事かぎりなし。「此の使をうしなひつらん事の口惜しさよ」とて、是をかほにおしあてゝ、うちふして、なか〳〵にひたすらに思ひつるよりはかなしくて、「いかなる所に、ならはぬ心にたび立て、あかしくらすらん」とかなしさまさりて、やがてさまかへんとしけるを、したがへる人々、「今一度、もとの御姿にてひめ君にあひ奉らせたまはんことこそ、たが御ためにもほいなるべき御事」とぞとゞめ申しける。

○むかしを今になすよなりせば―「いにしへのしづのをだまき繰りかへし昔を今になすよしも哉」（『伊勢物語』三二段）。

○あさがほの―長歌の前半部分（「むれゐるたづの」まで）が、金春禅竹の『五音之次第』の「哀傷」に見られ、謡曲「鐘馗」のクセにも利用されている。世阿弥の伝書等からも、この長歌と同文を持った「哀傷」という題の謡物が、南北朝以前よりあったことが推測される。また『はくしん房』、『恨の介』下巻、川端康成の『住吉』にもこの長歌が利用されている。

○かげろふの―『蜻蛉日記』にも長歌が存する。「あるかなきかの心ちするかげろふの日記といふべし」（『蜻蛉日記』）、「世中といひつるものかかげろふのあるかなきかのほどにぞ有りける」（『後撰集』一二六四番）。

○ありそ海の―「かひ」に「甲斐」と「貝」を掛ける。「人しれぬ思ひありその浦風に浪のよるこそいはまほしけれ」（『金葉集』五〇〇番）。

○あまの羽衣―「あま」に「天」と「海人」を掛ける。住吉の海辺に住む姫君自身の比喩。
○なげきますだの―益田は大和国にある人工池。嵯峨天皇の勅命で八一二年に造られた灌漑用貯水池。益田に「増す」が掛けられている。また多く「ねぬなは」（蓴菜）が詠み込まれる。「ねぬなはのくるしかるらん人よりも我ぞます田のいけるかひなき」（『拾遺集』八九四番）、「かき絶えてやみやしなましつらさのみいとど益田の池の水草」（『落窪物語』巻一）。
○たらちをの―父親のこと。母にかかる枕詞である「たらちね」から「たらち男」「たらち女」が派生した（「やもめ」・「やもを」も同類）。「世の中に誰か名高きたらちをと我とがなかを人は知らなん」（『貫之集』・『宗于集』）、「たらちをのかへるほどをもしらずしていかですててしかりのかひごぞ」（『元輔集』）。
○みちのくの―「みちのく」の「み」に「見」を掛ける。阿武隈川に「逢ふ」を掛ける。「題しらず　藤原季宗朝臣　人しれぬ恋ぢのはてやみちのくのあぶくま川のわたりなるらむ」（『新後撰集』九一二番）、「かくしつつよをやつくさんみちのくのあぶくま川はいかがわたらむ」（『中務集』）。
○むもれ木と―「まかなもちゆげのかはらのうもれぎにあらはるまじきことにあらなくに」（『万葉集』一三八九番）、「むもれ木となりはてぬれど山桜をしむこころはくちずもあるかな」（『風雅集』一四六九番）。なお寛永九年版本・群書類従本などは長歌末尾に混乱が生じており、それが諸本選別のポイントにもなっている。「たにふかみひとにしられぬとしをへてくちははつともなりはてぬべき」（群書類従本）。

○はまちどり――底本の他、小松本・藤井本・古活字十二行本・契沖本等はこの和歌を連歌に付すが、絵詞本・永正本・臼田本・住吉本・教育大本・岩瀬文庫本・御所本・横山本等では「おもひやれ（または「おもひきや」）あさぢがうへにおく露のきえもやられぬたびのけしきを」の和歌を連ねる。長歌と短歌を見れば、少なくとも姫君が海辺にいることは察せられるはず。「白波のうち出づる浜の浜千鳥跡や尋ぬるしるべなるらむ」（『後撰集』八二八番）、「浜千鳥跡もなぎさにふみ見ぬはわれをこす波うちや消つらむ」（『蜻蛉日記』）。

✿姫君から無事に暮らしているとの手紙が届けられる。手紙には長歌が綴られていた。末尾の反歌を見ると、姫君は海浜にいることが察せられるが、それ以上の決め手になるようなものは見当たらない。これは姫君が慎重に言葉を選んで書いているからであろう。手紙を届けた童にしても、手紙を届けたらすぐに立ち去れと教えられていたので、その通りに逃げ帰っており、使いに問い合わせることもできなかった。

姫君の無事を知った中納言(ちゅうなごん)であるが、喜ぶどころかさらに深く悲しんでいる。そして出家しようとするが、俗世の姿で姫君と再会することを勧められて、姫君同様に出家は思いとどまっている。

◆三九　つがはぬ鴛鴦

少将はこのことが気がかりで、三の君のところへいらっしゃると、三の君は「これこれ」と袖を絞るばかりに泣きながらお話しなさるので、『ものの情趣を知って、このようにおっしゃるのだな』とお思いになった。

そうこうするうちに、正月の除目で右大臣は関白におなりになった。少将は中将に昇進して、三位を兼ねなさった。中将はそのことを何ともお思いにならないで、ひたすら神仏の御前に参拝なさって、『姫君の居所をお知らせください』とお祈りなさった。鞍馬へ参拝なさる折は、池の汀に鴛鴦が一羽いたのを御覧になって、

　私と同じように悲しいことがあるのだろうか。池の水に番ではない鴛鴦が一羽だけいるのを見ると

といったりして、祈願してお回りになるけれども、たいした効験もなかっ

たのだった。

❖少将、此の事のおぼつかなさに、うへのもとにおはしたれば、三の君「しか〴〵」と袖もしぼるばかりにかたり給へば、『物のあはれを知りて、かくの給ふよ』とおぼしけり。

かくて、正月のつかさめしに、右大臣は関白に成り給ふ。少将はちうじやうになりて、三位し給へり。ちうじやうはそれとも思ひ給はで、ひとへに神仏の御まへに参りても、『ひめ君の有処しらさせ給へ』といのり給ひける。くらまへまゐり給ふとて、いけの汀にをしどりのひとつありけるを見給ひて、

わがごとく物やかなしきいけみづにつがはぬをしのひとりのみゐて　36

と云ひつゝ、いのりてありき給へども、させるしるしもなかりけり。

○うへ―ここで三の君のことを「うへ」とするのは不審。
○右大臣―右大臣で関白は、長徳元年（九九五）の藤原道兼以前に、元慶四年（八八〇）の藤原基経の例のみ。右大臣で摂政となった寛和二年（九八六）の藤原兼家の例などがモデル

か。あるいはこの時点で帝の譲位（じょうい）、后（右大臣の娘）腹の皇子の即位によって外戚（がいせき）となったとも読める。

○わがごとく――「わがごとく物やかなしき郭公（ほととぎす）時ぞともなくよただなくらむ」（『古今集』五七八番）、「ひとりぬるわれにてしりぬ池水につがはぬをしのおもふ心を」（『千載集』七八七番）。なお『異本能宣集（いほんよしのぶしゅう）』には、別の「わがごとく」歌が見られる。「わがごとく人めやはもるなにしかはよなく〳〵こひのねをばなくらむ」（『異本能宣集』三一七番）。

✻姫君からの手紙が届いたことで、少将は三の君のところへ様子を探りにやってくる。継母の娘といいながら、三の君は情趣を解する女性である。異母姉の姫君のことを本当に心配していた。

　さて、姫君失踪とは無縁に、少将の父右大臣は関白に就任する。それに連動して少将も三位中将に昇進する。しかしそんなことよりも中将の願いは、姫君の消息を知ることであった。中将は縋（すが）るように神社仏閣へ参拝し、姫君のことを祈る。ここでは鞍馬寺に参拝しているが、何の効能もなかった。そして最終的に長谷寺に参拝することで、ようやく物語は進展する。

◆四〇　長谷寺の霊夢

月日が過ぎて、中将は九月ごろに長谷寺に参籠して、七日目も夜通し祈願していたところ、夜明け前になって少しうとうとした夢の中に、尊い女性が横を向いて座っていた。近づいて見ると、自分が思っている姫君であった。どうしようもないほど嬉しくて、「あなたはどこにいらっしゃるのですか。どうして私にこんなにつらい目をお見せになるのですか。どれほど私が嘆いているのかご存じですか」というと、涙ながらに「これほどまで慕っていらっしゃるとは思いもしませんでした。たいそうお気の毒に存じます」といって、「もう帰ります」というので、姫君の袖をひいて「いらっしゃるところを教えてください」というと、

海の底ならぬ其処にいるとも知らないでわび住まいをしていますが、海女は住み良いところ（住吉）といっているようでした。

といって立つので、袖をひいて帰さないというところではっと目が覚めたので、「夢だとわかっていれば覚めなかったのに」(小町歌)と悲しんだのだった。

さて、『これは仏の示現である』と思って、『夜のうちに出て、住吉というところを訪ねてみよう』と思って、お供の者に、「精進のついでに、これから天王寺・住吉などにも参拝しようと思います。皆は帰ってこの由を申しなさい」とおおせになったので、「どうしてお供もなくていらっしゃるのですか」「私どもを見捨てていらっしゃっても、いいことはございません」と一緒にいくことを望んだけれども、「示現を被ったので、そのようにしたいのだ。特別に子細のあることなのだ。今は私の言うとおりにしてほしい。何を言っても連れていくわけにはいかないのだ」といって随身を一人だけ連れて、やわらかな浄衣に薄色の衣に白い単衣を身に着けて、藁沓を履いて脛当てをし、竜田山を越えて行ってしまわれたので、どうしようもなくてお供の人々は京に帰っていった。

❖春秋過ぎて、九月ばかりにはつせに籠りて、七日と云ふ夜もすがらおこなひて、暁方すこしまどろみたる夢に、やんごとなき女そばむきてゐたり。さしよりて見れば、我が思ふ人也。うれしさせんかたなくて、「いづくにおはしますにか。かくいみじきめを見せ給ふぞ。いかばかりか思ひなげくとしり給へる」といへば、うちなきて、「かくまでとは思はざりしを。いとあはれにぞ」と云ひて、「今は帰りなん」といへば、そでをひかへて「おはし所知らせ給へ」とあれば、

わたつ海のそこともしらずわびぬればすみよしとこそあまはいひけれ 37

と云ひて立つを、ひかへて帰さずとみて、打おどろきて、ゆめとしりせばかなしかりけり。

さて、『仏の御しるしぞ』とて『夜の中に出て住吉と云ふ所尋ね見ん』とて、御ともなる者に、「しやうじんのついでに、天王寺・住吉などに参らんと思ふなり。おの〳〵かへりて此の由を申せ」と仰せられければ、「いかに、御ともの人なくて侍るべき」「捨て参らせて参りたらんに、よき事さぶらひなんや」とし

たひあひけれども、「じげんをかうぶりたれば、其のまゝになむ。ことさらに思ふやうあり。いはんまゝにてあるべし。いかにいふ共、ぐすまじきぞ」とて、みずいじん一人ばかりをぐして、じやうえのなえらかなるに、うす色の衣にしろきひとへきて、わらぐつ・はゞきして、たつた山こえゆきかくれ給ひにければ、聞えわづらひて、御とものものは帰りにけり。

○九月ばかり―「春秋過ぎて」とあるので、これは一年が経過していることになる。
○夢に―『更級日記』『蜻蛉日記』『長谷寺験記』等に見られるように、長谷寺で霊夢を被る話は古くから多くある。
○わたつ海の―そこは「底」と「其処」を掛け、あまは「海人」と「尼」を掛ける。ただし後者の掛詞に中将は気付いていない。「すみよしとあまはつぐともながゐすな人忘草おふといふなり」(『古今集』九一七番)、「あり所はしりながらえあふまじかりける人につかはしける　藤原兼茂朝臣　わだつみのそこのありかはしりながらかづきていらん浪のまぞなき」(『後撰集』六五五番)。
○じやうえ―中将は浄衣の姿で、わざわざ徒歩にて竜田越えをする。浄衣は初瀬で当初から着用して、糊がおち「なえらか」に柔らかくなっている。中将の苦労が察せられる。

○わらぐつ・はゞき—藁沓・脛巾。脛巾は後世の脚絆。「やむごとなくむつましうつかうまつり給四人、かえさぬにわらうづはきてかくれたちたり」(『うつほ物語』国譲下)、「わらんづはゞきしたるが、立文をもって来れり」(『平家物語』巻六)。
○たつた山こえ—長谷寺から住吉までのコースは、ほぼ現在の近鉄大阪線に沿っている。「風吹けば沖つ白波竜田山夜半にや君がひとり越ゆらむ」(『伊勢物語』二三段)。

✲ついに物語が動き始める。中将は思い立って長谷寺に参籠し、観音の霊験に縋る。長谷の観音は夢に現れるのが常套である。ここでは観音ではなく住吉の姫君が現れている。姫君は「わたつ海の」という歌を詠じて消えるが、そこに「住吉」という場所が示されていた。そこで中将は夢のお告げを信じて、長谷寺からそのまま住吉へ下向する。

物語の展開に観音の霊験を用いるというのは非現実的であるが、当時霊験あらたかな寺として多くの人々の信仰の対象だったのであろう。また他ならぬ長谷寺が契機となっているのは、どこかで長谷寺と住吉明神が信仰的につながっているからであろう(神仏習合)。それを踏まえた上で、中将は必死の思いで長谷寺に縋るのである。果たして中将は姫君と再会できるだろうか。

◆四一　暁の夢

住吉では、その夜明け前、姫君はそばに横になっている侍従におっしゃることには、「まどろんで見た夢に少将が現れておっしゃることには、心細い山中で、ただ一人旅をして、寝起きなさるところに私が行きつくと、私を見つけて袖をとらえて、

あなたを捜しあぐねて深い山路にまよいこんでいます。あなたがどこに住んでいらっしゃるのか教えてください。

とおっしゃいました」と悲しそうにおっしゃるので、侍従は、「なるほどどれほどお嘆きのことでしょうか。それは正夢でございましょう。少将のことをかわいそうだとはお思いになりませんか」と申し上げると、「岩木ではないので、どうして思わないことがありましょうか」など語らいつつ、少将のことを気の毒がっていらっしゃった。

❖すみよしには其の暁、姫君の御跡にふしたる侍従にのたまふやう、「まどろみたりつる夢に、少将の給ふやう、心ぼそかりつる山の中に、たゞひとり草まくらして、おきふし給ふ所に行きつれば、我を見つけて、袖をひかへて、

たづねかねふかき山路にまよふかな君がすみかをそことしらせよ 38

となんありつる」とあはれにかたり給へば、じゞう、「げに、いかばかりなげき給ふらん、誠の御夢にこそ侍れ。あはれとおぼさずや」と聞ゆれば、「いはきならねばいかでか」などいひつゝ、あはれげにおぼしたりけり。

○少将―この時点で住吉にいる姫君達は、少将が中将に昇進したことを知らないので、昔のままの少将としている。

○たづねかね―この「深き山路」は中将の籠った長谷寺のイメージであろう。「さても残る山の端もなく尋ねかねて、三笠の神のしるべにやと参りて、見しうば玉の夢の面影など語るるぞ、住吉少将が心地しはべりける」(『とはずがたり』)、「三でうの大なごむどのゝ、みやばらのひめみや、おゝいきみを、ふぢはらのさ大じんどのゝ御子、しゐせうしやうどのゝ、

心をかけ給ひては、いく日かずをか過したまひけむ、このひめみや、けいぼのおそろしさに、いづちともなくうせ給ぬ。せうしやう、行衛をたづねんと、そこともしらずまよひいで、たゞかりそめのくさまくら、むすびさだめぬゆめのつげ、すみよしとこそあまはいふなれと、御覧じて、夢さめ〴〵とうちなきて、おもひつもりのうらを尋ね、すみの江といへる所にてたづねあひ、ともなひて宮こへかへりたまひしぞかし」(『姫百合』)。

○誠の御夢──正夢。中将は姫君を、姫君は中将の夢を見ており、また「袖をひかへて」が共通するので、二人同夢とも考えられる(ただし歌が別々になっている点など、完全に一致しているわけではない)。

✻中将が長谷寺で姫君の夢を見ていた暁、住吉の姫君も同時に中将の夢を見ている。これはいわゆる二人同夢の類である。もっとも姫君は、中将が長谷寺にいることはわからなかった。また呼称が「少将」とあるのは、少将が中将に昇進したことを知らないからである(決して誤りではない)。

侍従がそれを「誠の御夢にこそ」というのは、それが正夢(まさゆめ)だと思っているからであるし、そうなってほしいと願っているからである。ここで両者がお互いの相手を夢に見たのだから、中将の住吉来訪はそう遠くはなさそうだ。

★11 岩木ならねば

恋物語に多出している慣用表現の一つ。単に「非木石」（木石に非ず）ならば、古く司馬遷の「報任少卿書」にある。それとは別に白楽天「李夫人」中の「人非木石皆有情」を直接の典拠とする表現であろう。なお仏書・漢籍では主に「木石」（音）といい、和書では「岩木」（訓）として引用されることが多い。もちろん「木石」という形でも『源氏物語』蜻蛉巻・『徒然草』等には引用されている。

主な使用例として、「いは木にしあらねば」（『伊勢物語』九六段）、「なにの岩木の身ならねば」（『蜻蛉日記』上巻）、「石木のごとして明かしつれば」（『蜻蛉日記』中巻）、「いはきならねば」（『源氏物語』東屋巻）、「岩木ならねば動きて」（『賀茂保憲女集』序）、「いかばかりの岩木かは見知らざらむ」（『浜松中納言物語』巻四）、「いみじからむ何の岩木も靡きたちぬべきに」（『夜の寝覚』巻一）、「いかばかりの岩木ならば、かう思ひ知りきこえさせぬやうは」（『夜の寝覚』巻三）、「入道もいは木ならねば、さすがにあはれげにとぞの給ひける」（『平家物語』巻三）、「さすが岩木ならぬ身なれば」（『源平盛衰記』四七巻）、「石木ならぬ身のならひにて」

(『十訓抄』九―五)、「岩木ならぬ心には」(『とはずがたり』巻一)、「さすがいは木ならねば」(『閑居友(かんきよのとも)』上巻)、「さすが人も岩木ならねば」(『撰集抄』三―四)、「岩木ならねば」(『小夜衣』上)、「さすがに石木ならねば」(『をこぜ』)、「岩木にもあらざれば」(『小町草紙』)、「さすが石木にあらざれば」(『浦島太郎』)、「岩木ならねば」(『御曹子島渡(おんぞうししまわたり)』)、「岩木にあらぬ身なれば」(『のせ猿さうし』)、「岩木ならねば」(『熊野の御本地のさうし』)など多くの例があげられる。

◆四二　住吉下向

中将は慣れないことなので、藁沓が足に当たって血が出ている。なかなか先へ進めない様子なので、道を行き交う人や下賤の者どもまで、目をひいてみんな見ているのだった。

こうして苦労しながら酉の刻くらいに、遠くまではるばると松が並んでいるところに、葦ぶきの粗末な小屋がところどころに建っていて、海の見えるところにたどり着きなさったものの、そこがどこなのかもわからない。どうしようもなくて、松の木の下で休んでいらっしゃると、十余歳の童が松の落ち葉を拾っていたので、それをお呼びになって、「おまえはどこに住んでいるのだ。この辺りは何というところだ」と尋ねると、童は「住吉と申すところです。私もここに住んでいる者です」というので、『これはうれしいことだ』と聞いて、「このあたりにしかるべき人は住んでいるか」

とおっしゃると、「神主の大夫殿がいらっしゃいます」というので、「それでは京都などから来た人が住んでいるところはあるか」とおっしゃると、「住之江殿と申すところに、京から来た尼上とおっしゃる人がいらっしゃいます」といったので、細々と尋ねてそこへお行きになったところ、入り江にかけたような物寂しい家があった。夕月が木の間から差し込んで、しっかりした人が住んでいるようにも見えず、たいそうしみじみとしていた。

❖ちうじやうはならはぬ様なれば、わらぐつにあたりてあしよりちあへり。行きやらぬけしきなれば、道行く人・あやしきものども、目をつけてぞ見あひける。さてもなく〳〵とりの時ばかりに、はる〴〵となみたてる松の一むらに、あし屋所々に有りて、海見えたる所に行きつき給ひぬれ共、いづくともしらず。思ひわづらひて松の下にやすみ給ひけるに、十あまりなるわらは、まつの落葉ひろひけるをよび給ひて、「おのれはいづくにすむぞ。此のわたりをばいづくと云ふぞ」ととへば、「すみよしとなん申す、やがて是に侍るなり」といへば、『いとうれしき事』と聞きて、「此のわたりにさるべき人やすむ」と仰せられければ、「神主の大夫殿こそ」といへば、「さても、京などの人のすみ所やある」とおほせらるれば、「すみのえどのと申す所こそ、京のあまうへとておはする」と云ひければ、こまかにたづねとひて行き給ひたれば、江につくりかけたる家の物さびしき夕月夜、木のまよりほのかにさし入りて、をさ〲しき人も見えず、いとものあはれなり。

○ちあへり―血がしたたり落ちる。「まだしくは血あゆばかりいみじくのらむ」（『落窪物語』巻二）、「すずろに汗あゆる心地ぞする」（『枕草子』）。

○とりの時―現在の午後五時から七時。暗いうちに長谷寺を出発し、半日かけて住吉に到着した。かなり早足で歩いたことになる。

○十あまりなるわらは―この童は神の現形したものと見ることができる。それが住吉の神か初瀬の観音かは未詳。住吉の神だとすると、恋の仲立ちとして機能していることになる。

○神主の大夫殿―住吉神社の神主。大夫とあるのは五位か。なお住吉神社の神主は代々津守家が務めている。

✿住吉に到着した中将であるが、そこからどこへどう行けばいいのか皆目見当もつかず困っている所へ、十歳あまりの童が登場する。その童に京都から来た人が住んでいるか尋ねると、住之江殿に京の尼上が住んでいることを告げる。実はこの童は住吉明神の化身のようである。神は童の形を借りて具現するからである。長谷寺の霊験に続いて、今度は住吉明神の導きを得て、いよいよ中将は姫君の住む邸を訪れることになる。

◆四三　邂逅

日も暮れたので、松の木の下で、「人ならば問うべきものを」などと古歌を吟じて、難渋してたたずんでいらっしゃった。ただでさえ旅の空は悲しく感じるのに、夕波千鳥が悲しそうに鳴き渡り、岸の松風が物寂しく吹いてくるのに合わせて、琴の音がほのかに聞こえてきた。琴の曲は律の調べで盤渉調に澄み渡っている。これをお聞きになった中将のお心は、言葉にしていいえるようなものではなかった。『ああ驚いた。まさか姫君の琴ではあるまい』などと思いながら、その琴の音に引き寄せられて、何とはなしに近寄ってお聞きになると、釣殿の西面に若い一人二人ほどの声が聞こえてきた。また琴を弾く人もいる。

「去年の冬は落ち着いた雰囲気がありました」「この頃は松風や波の音もなつかしく感じられます」「都にいた時には、このような場所は見たこともありませんでした」「ああ、この景色を風情のわかる人に見せたいものですね」などと語り合って、「秋の夕暮れは普段よりも旅の空がしみじみとしています」などと趣のある声で今様を吟じているのを、侍従の声だと聞き分けて、『ああ驚いた』と胸がどきどきして、『そう思うからであろうか』と思ってよくお聞きになってみると、

　訪ねてくれる人もいない住吉の渚なのに誰が待つといって松風が吹き続けるのだろうか

と和歌を吟じる声を聞くと、それは姫君の声だった。『ああおそれおおいことだ。仏の効験はあらたかなものだったのだなあ』と嬉しくなって、簀子に近寄って戸を叩くと、「一体どなたでしょう」といって侍従が透垣の隙間から覗いてみると、簀子に寄り掛かって座っていらっしゃる御姿は夜目にもはっきりとわかったので、侍従は「まあ驚いた。少将殿がいらっしゃいます。どのように申したらいいでしょうか」というと、姫君は「殊勝にもここまでいらっしゃったこと。そうではあっても人聞きが悪いので、

と、侍従は応対に出て、「どういう訳で、こんな田舎にまでいらっしゃったのですか。ああ驚きました。実はあれから姫君とは離れてしまいまして、気持ちを慰めることもできずにこのように迷い歩いている次第です。少将にお会い申し上げますにつけて、いよいよ昔のことが恋しく思われます」などといい放って、しみじみと感じるままに、涙で目が曇って何も考えられずにいると、いよいよ中将も涙を催しなさる。中将は「侍従の君のことを偲んで来たのに、恨めしいことをおっしゃるものですね。姫君のお声まで聞いたのに」といって、浄衣の御袖を顔に押し当ててお泣きになって、「嬉しさも辛さも半々です」とおっしゃると、侍従はもっともなことだと思ったので、「とにかくここでお休みください。都のこともうかがいたいので」といって、尼君に相談すると、尼君は「それは恐れ多いことです。どなたも物の情趣を御理解なさい。すぐに少将をここにいらっしゃるように申しあげなさい」というと、侍従は不躾で無礼だと思うけれども、「少将は縁のある人ですし、旅は辛いものですから、どうぞお入りください」といって、少将の袖をとって中に引き入れた。

❖日も暮れければ、まつのもとにて、「人ならばとふべき物を」など打ながめて、たゝずみわづらひ給ひける。さらぬだにもたびのそらはかなしきに、夕浪千鳥あはれになきわたり、きしの松風物さびしきそらにたぐひて、ことのねほのかに聞えけり。此のこゑりつにしらべて、ばんしきてうにすみわたり、是をきゝ給ひけん心、いへばおろか也。『あなゆゝし。人のしわざにはよも』など思ひながら、其の音にさそはれて、何となくたちよりてきゝ給へば、つりどの西面にわかきこゑひとりふたりが程聞えてけり。ことかきならす人あり。
「冬はをさ〳〵しくも侍りき」「この比はまつかぜ・なみの音もなつかしくぞ」「都にてはかゝる所も見ざりし物を」「あはれ、心ありし人々に見せまほしきよ」とうちかたらひて、「秋の夕べはつねよりも、たびのそらこそあはれなれ」など、をかしきこゑしてうちながむるを、侍従にきゝなして、『あなあさまし』とむね

うちさわぎて、『きゝなしにや』とてきゝ給へば、

たづぬべき人もなぎさのすみのえにたれまつかぜのたえずふくらん　39

とうちながむるを聞けば、ひめ君也。『あなゆゝし。仏の御しるしはあらたにこそ』とうれしくて、すのこに立よりてうちたゝけば、「いかなる人にや」とて、侍従すいがきのひまよりのぞけば、すのこによりかゝりゐ給へる御すがた、夜目にもしるしの見えければ、「あなあさましや、少将殿のおはします。いかゞ申すべき」といへば、ひめぎみも、「あはれにもおはしたるにこそ。さりながら人聞き見ぐるしかりなん。我はなしときこえよ」とあれば、じゞう出あひて、「いかに、あやしき所までおはしたるぞ。あなゆゝし。其の後ひめぎみうしなひ奉りて、なぐさめがたさにかくまでまよひありき侍るになん。見奉るにいよ〳〵いにしへのこひしく」などいひすさびて、あはれなるまゝに、涙のかきくれてものもおぼえぬに、ちうじやうもいとゞもよほす心ちぞし給ふ。「じゞうのきみの事をばしのびこしものを。うらめしくもの給ふ物かな」と「御こゑまできゝつるものを」とて、じやうえの御袖をかほにおしあて給ひて、「うれしさもつらさもなかばに

こそ」との給へば、じゞうことわりに覚えて、「さるにても御やすみ候へ。都の事もゆかしきに」とて、あまぎみに云ひあはすれば、「有りがたき事にこそ。たれもく〵物のあはれをしり給へかし。先これへいらせ給ふべきよしきこえ奉れ」といへば、じゞう、なれく〵しくなめげに侍れども、「其ゆかりなる上に、たびはさのみこそさぶらへ。たち入らせ給へ」とて、そでをひかへて入れけり。

○人ならばとふべき物を―姫君の居場所を問いたい。これは単なる引歌ではなく、呪術的な機能を果たしており、この問いに答えるかのように琴の音が聞こえてくる。「住吉の岸のひめ松人ならばいく世かへしととはましものを」（『古今集』九〇六番）。
○ことのね―主人公の邂逅において琴が中将へのシグナルとしての役割を果たしている。
○りつにしらべて、ばんしきてうに―姫君が琴を弾くのは決まって秋か冬であり、秋には哀感ただよう律の調べがふさわしいとされていた。「秋の夜は人をしづめてつれづれとかきなすことのねにぞなきぬる」（『後撰集』三三四番）。「呂は春のしらべ律は秋のしらべ」（『河海抄』）。「律の調べは、女のものやはらかに掻き鳴らして、〈中略〉また箏の琴を盤渉調に調べて、いまめかしく掻い弾きたる爪音」（『源氏物語』帚木巻）。
○冬はをさく〵しくも侍りき―今はまだ九月なので、これは去年の冬の体験による発言であろう。

○たづぬべき——この場面が『住吉物語』中、最も享受されているものの一つである。『輔親(すけちか)集(しゅう)』や『源平盛衰記』でも琴を重視している。「忍びて住よしに侍けるころ、松風をきゝて　住吉関白北方」(『風葉集』一三四〇番)、「女房などありて住吉のひめ君の事などいふに　たづねけむ昔のことのしらべとは吹く松風ぞきゝなされける」(『輔親集』三八番)、「彼住吉の姫君、昔誰松風の絶えず吹くらんとて、琴掻き鳴し給ひけるを思出でて」(『源平盛衰記』巻三六)、「尋ぬべき人も渚に生ひそめし松はいかなる契りなるらん」(『とはずがたり』巻三)、「尋ね来る人もなきさの須磨の浦に誰まつ風の絶えず吹くらん」(『松風村雨』)。

✻童に教えられてやってきた中将だが、それでもまだ姫君がどこにいるのかわからないままだった。困っているところにどこからともなく琴の音が聞こえてくる。それを耳にした中将は、咄嗟(とっさ)に姫君の弾いている琴だと判断する。

　中将が筑前のたばかりによって三の君と娶(めあ)わせられた時、それが姫君でないことは琴の音によってわかった。ここも姫君の琴に導かれていることになる。物語における琴は、中将を姫君のもとに近づけるシグナルとして機能していたのである。その琴の導きによって、中将は姫君の声を聞き、姫君がそこにいることを確信する。

なお侍従のいった「秋の夕べはつねよりも、たびのそらこそあはれなれ」は、「あきのゆふべはつねよりも、たびのそらこそあはれなれ、しばのいほりに月もりて、むしのこゑ〴〵よわりゆく」（『古今目録抄』料紙今様）という今様を踏まえているようである。

「すみよし物語」(宝暦9年版)、国立公文書館蔵

◆四四　契り

大和絵の描かれている紙屏風一双を立てて、母屋の御簾に朽木形の几帳の帷子が掛けてあり、たいそうふさわしく設えてある。

中将はたいそう美しい足に土がついて汚れており、所々に血がついて、顔先が赤みを帯びて苦しそうなご様子を見て、尼君が急いでやってきて申し上げることには、「姫君もここにいらっしゃいますよ。侍従は少将のことを『お労しい』とは存じながら、年若い者ですので、突き放したように申したのです。この尼は嬉しいことも辛いことも体験している身でございますので、少将のことを有難いともお労しいとも存じております。まあ恐れ多いこと、どうして疎かにできましょうか」といって、姫君に少将のことを申し上げると、姫君は「私も疎かにはできませんが、都でどういわれるのか心配で遠慮しております」とおっしゃると、「それも道理ではありますが、すべては事と次第によります。善悪を知らない情のない岩木であっても、これほどのことには感動して心が揺れるものです。今はこの尼君のことを大事にお思いでしたら、私の申すままにしてください。それが嫌なら海でも河でもはいります」と説得して、侍従に、「少将をすぐに姫君のいらっしゃるところへお連れ申しなさい」といえば、侍従は中将にこのことを申し上げると、「いわれたとおりに」といって嬉しそうにお思いになっている。

夜が更ける頃に、侍従が先に立って中将の道案内をした。それでも中将はすぐに共寝をすることもなさらないで、始めから今日までのことを熱心に訴えつづけ、涙ながらにおっしゃった。あっという間に夜も明けお日様が出る時間になって、姫君の顔を拝見なさったところ、かつて嵯峨野で垣間見た時よりも盛りの美しさに見えて、寝乱れた髪はぼんやりとして、魅力的なことはいうまでもない。

❖かみびやうぶにやまとゑ書きたる一よろひたて丶、もやのみすにくちきがたのきちやうのかたびらかけて、いとあるべかしくしつらひたり。

いとうつくしき足につちつきて、所々ち打あへて、かほさきあかみてくるしげなる御姿を見て、あま君いそぎ出てきこゆるやう、「ひめぎみも是におはしますになん。侍従『あはれ』とは見たてまつりながら、わかきものにて、うちはなちに申しけるにこそ。あまはうれしきにもつらきにもならひて過ぎたる身にて侍れば、かたじけなくあはれに見奉る。あなゆ丶し、いかでかおろかには」とて、ひめぎみに此のよしをきこゆれば、「我もおろかならずながら、都の聞えつ丶ましさにこそ」との給へば、「それもことわりながら、萬ことのやうにこそよれ。善悪しらぬ心なき岩木なれども、是程のことにはゆるぎ侍るものを。今は此のあまを重くおぼしめさば、申さんま丶におはしませ。さなくは海河にもいりなん」と云ひこしらへて、じゞうに、「たゞ、ひめぎみのおはします所へぐし参らせよ」といへば、じゞう、ちうじやうに此の由きこゆれば、「ともかくも」とてうれしげにぞおぼしける。

夜ふくるほどに、じゞうさきに立てしるべしつ。さてもうちふす事もおはしまさずして、はじめよりの事どもかきくどきつゝ、なく〳〵の給ひける。夜も明け日もいづるほどに、ひめ君を見奉り給ひければ、さが野にてみしよりもさかりと見えて、ねくたれがみのおぼめきて、なつかしさいふもおろかなり。

○かみびやうぶ―布屛風・絹屛風に対応する語。日本の風物を描く大和絵屛風には、多く和歌が登場人物の詠として書き添えられる。
○かほさき―鼻など突き出している部分。広く顔全体の表情をも意味する。日焼けにより鼻先が赤くなっているか。また疲労による発熱で額や頰が赤みを帯びているか。「あつまりたる人々、心ちよげにかほさきあかめあひて」（『宇治拾遺物語』巻五）。
○なく〳〵―姫君との逢瀬において、泣く男君が多く描かれる。これも物語の古代性の一つか。
○さが野にてみし―これが中将が姫君を見た二度目であった。
○ねくたれがみ―単に寝乱れ髪（これも美意識の一種）をいうのみならず、後朝の象徴とも考えられる。同義語に「朝寝髪」がある。嵯峨野の垣間見でも、姫君の髪は賞賛の対象であった。この「ねくたれ髪」は、散文では『住吉物語』が初出か。「わぎもこがねくたれ髪を猿沢の池の玉藻と見るぞ悲しき」(『拾遺集』一二八九番・『大和物語』一五〇段)、「しどけなきねくたれ髪を見せじとやはたかくれたるけさの朝顔」(『小町集』)。

✻ここは物語の最初のクライマックスといえる。短い本文の中に二つの山が描かれている。一つは尼君の言動である。若い姫君と侍従の対応を見ると、中将はここまでやってきながら追い返されそうになっている。それを救ったのが尼君であった。人生経験の豊富な尼君は、中将が姫君を慕ってここまでやってきたことにいたく感動しており、姫君や侍従を説得して中将と姫君を娶(めあ)わせることを承諾させている。尼君は姫君を継母の継子苛めから救済するだけでなく、姫君を幸せにしてくれる中将との結婚まで段取りしているのである。これが尼君の大事な役割でもあった。

もう一つは中将と姫君の逢瀬であるが、本文には「うちふす事もおはしまさず」とあり、これまでのことを涙ながらに訴える中将が描かれている。これは物語の男主人公としては特異な描かれ方といえそうである。その後に「夜も明け」とあるのは、ある種の省略の技法と読みたい。

つまり本当に何もしないで時間が経過したのではなく、実際には二人の共寝があったのだが、それを描かないということである。それに続いて「日もいづるほど」とあることにも留意してほしい。普通だったら初夜の日は夜が明けたら「後朝の別れ」をし、三日間通うことになる。ここは旅の空ということで、中将は帰る家がないので、そのことが考慮されているのであろう。

やや性急だが、中将は明るい日ざしのもとで姫君の美しい顔を確認しているのだ。もちろん姫君が美しいことは承知しているが、それを「さが野にてみしよりもさかり」といわせている。これによって中将が大満足であることがわかる。三の君の時とは明らかに違っている。

◆四五　召還

こうしているうちに、二、三日が経過すると、難波近辺にも関白家に仕える人がたくさんいたので、自然に中将がいらっしゃることを聞きつけて、いろんなところから集まってきた。もともと寂しいところだったのが賑やかになり、松の下で酒宴を開いて大騒ぎをしたので、その辺に住んでいた人々がびっくりするほどであった。

そうこうするうちに京都では「中将殿がたった一人で住吉へ下向された」と聞いて、父の関白殿は中将と別れて帰参した者を随身所へ下して謹慎させた。

中将の消息がわかると、中将の縁者である左衛門佐殿を筆頭に、四位・五位など大勢の人が住吉まで中将を訪ねていらっしゃって、「関白殿がたいそうご心配なさっていますが、どうしたことですか」などと尋ねると、中将は「仏の示現があったので、そのお告げのままここにやってきたのですが、予想外にこの辺りにいる女性といい仲になってしまいました」などとおっしゃると、「神社仏閣へ参拝したら修行をするのが常なのに、それは大変なお勤めですね」と戯れごとを言ったので、中将は笑って「嬉しくもここまで訪ねてくださったことです。難波周辺もこのようなついでがなくては、ご覧になることもありますまい」とおっしゃって、夜が更ける頃に住之江に月が明るく澄み渡り、松風が波の音に寄りそいながら、淡路島まで吹き渡って聞こえる様子は、この世のものでないほど趣深いので、人々は住之江で管絃の遊びに興じなさった。三位の中将は琴、蔵人の少将は笛、兵衛佐は笙の笛、左衛門佐は歌を歌いなさった。姫君・侍従・尼君などはこれを聞いて心が晴れる気持ちがされた。

さて夜が明けたので、海人どもを呼びなさって、漁をおさせになりそれを御覧になった。

❖かくしつゝ、二日、三日にもなりしかば、そのわたりにもつかうまつりし人あまた有りければ、おのづからきゝつけてぞ、おの〳〵参りあへる。さびしき所共なく、松のもとにて酒のみの、しりあひければ、そのあたりのものどももおどろく程なりけり。

かゝるほどに、京には、「中将どのゝ只ひとり住吉へまゐり給ひぬ」と聞きて、関白殿はかへりたるものをば、ずいじん所へくだされにけり。

さて、ゆかりのある人々、左衛門助殿よりはじめて四位・五位など、其の数を知らずすみのえに尋ねゆき給ひて、「いみじくおぼつかながらせ給ふに、いかに」などいへば、「じげんによりて是に侍りつるほどに、思はずに此のあたりに有るものに見つきて」などのたまへば、「神仏へ参りてはおこなひをこそすれ、ゆゝしき御つとめかな」とたはぶれて、うちわらひて、「うれしくこれまでたづね給へり。なにはわたりもかゝるついでなくは、いかでか御らんずべき」との給ひつゝ、夜ふくる程にすみのえに月さやかにすみわたりて、松風浪の音にたぐひつゝ、あはぢ嶋までかよひてきこゆるさま、此の世ならず面白かりければ、人々住のえにてあそびたはぶれ給へり。三位のちうじやう琴、蔵人の少将笛、兵衛のすけしやうの笛、左ゑもんのすけ歌うたひ給ひけり。ひめ君・じゞう・あま君など、是を聞きてはるゝ心ちぞし給ふ。

さて、夜明けければ、あまどもめしてかづきせさせて見給へり。

○そのわたりにもつかうまつりし人―住吉の周辺にも、荘園の管理者等として関白右大臣家（すなわち中将の家）に仕える人が多くいたということか。

○ずいじん所―罰として随身の詰所に蟄居を申しつけた。「御ともにまゐりてかへりたる人々をもいみじくぞとがめさせたまひける」（吉野本）、「御供なりし人は勘当かうむりて、重き罪にあたりけり」（陽明本）。

○左衛門助殿―中将とどんな「ゆかり」なのかは未詳。あるいは叔父か従兄弟であろうか。「左兵衛督」（成田本）。

○蔵人の少将―中将との関係は未詳。真銅本では姫君の裳着の記述に「左衛門督の御子蔵人の少将」とあって、これによれば姫君の異母兄弟となる。ただし本書では裳着の記事が削除されているのでわからない。

○兵衛のすけ―「ゆかり」としては中の君の夫があげられるが、もしそうなら初登場以来全く出世していないことになる。これが「助」ではなく「督」なら、姫君の結婚相手として登場した内大臣の御子とも考えられる。「右兵衛のすけもろともに、つのくにゝいきたれば、かみまちむかへて、はまのほとりのゝへにて、せうようするところにて　かりにとてみやこはたれもいてしかといまはかへらん心ちこそせね」（『異本能宣集』三一八番）がこの部分であれば、「右兵衛佐」は古本から存在していたことになる（呼称の変更は考えないとして）。
○左ゑもんのすけ―既出の「左衛門助殿」と同一人物か。成田本の「左兵衛督」では住吉の姫君の父親となる。また蔵人の少将及び兵衛のすけも中将のゆかりではなく、姫君のゆかりになってしまう。なお国会本及び資料館本は、住吉の尼君の女房名を「さえもんのすけ」としている。

✲本文に「二日、三日」とあるのは、裏で中将と姫君の三日夜の婚儀（こんぎ）が済んだことを匂わせているのであろう。後は二人を都に戻す方向で物語は流れていく。中将がそこにいることは、いつの間にか周囲に知られ、難波近辺の役人だけでなく都からも中将にゆかりのある人たちが集まり、盛大な宴会を開いている。これはある意味、中将の都における勢力の強さをも誇示（こじ）するものであった。

この後、都に戻った中将はとんとん拍子に出世していく。姫君と中将の結婚は、単に姫君の救済というだけでなく、それによって中将も栄華を獲得していくのである。ただし中将が伴った姫君の素性はしばらく秘密にされている。

「すみよし物語」(宝暦9年版)、国立公文書館蔵

◆四六　浮きたる船

さて、その日、京都へお上りになるというので、たいそうものものしかった。姫君のことは、田舎の人の娘ということで一緒にお連れ申し上げなさった。

姫君のことを、尼君はこれで安心と存じ上げながらも、別れの名残惜しさは申し上げようもない。尼君には和泉国の荘園をおまかせになったので、「将来のことは考えず、ただあの姫君のことだけを心配しておりましたが、今はもう安心してあの世に行くことができます」といって、見送りをして、嬉しいものの、姫君が遠くに離れていくのは、さすがにしみじみと悲しく思われる。「どうにもこうにも涙が落ちることとです。仏になるだろう後には涙も止まるに違いない」とくり返しいうのだった。姫君もこれといった理由もなく二年も住んだところを離れていくのはしみじみと悲しいことだった。「尼君もずっと一緒にいたので、私たちがいなくなると恋しく寂しい思いをすることでしょう」などと侍従と言い合って、後ろを見返りなさると、次第に遠ざかっていくうちに、霧の絶え間から松の梢が遠くに見えたので侍従が、

　　住吉の松の梢はどういうわけで遠ざかっていくと袖が涙で濡れるのでしょうか。

と歌を詠じると、姫君は琴を掻き鳴らして、

　　琴の音を尋ねて通ってきてください、住吉の岸の姫松よ、私もあなたのことが恋しいから。

と思い続けられた。

　こうしているうちに、川口を過ぎると遊び女どもがたくさん船に集まってきて、

　　自ら浮きたる船に乗りはじめたので、一日たりとも波に濡れぬ日とてありません。

など歌って、淀まで着いたのであった。

❖さて、その日、京へのぼらせ給ふとて、いとことぐ〳〵しかりけり。ひめ君をば、ゐなか人のむすめとてあひぐし奉り給ふ。

ひめ君をば、あまぎみ心やすく見奉りながら、此の程の名残り、申すばかりなし。あまぎみには、いづみなる所あづけられければ、「ゆくすゑの事は思はず。たゞあのひめ君の御事のみぞ思ひ侍りつるほどに、今はよみぢやすく」とて、おくりて、うれしき物から、はなれゆくもさすがにあはれなり。「とにもかくにも落る涙かな。仏になりなん後ぞやとゞまるべき」とてくどきける。ひめぎみも、何となく二とせまですみし所はなれ行くこそあはれなれ。「あまぎみも、いかにならひてこひしくかたはらさびしくおもはん」など侍従にいひあひて、見返り給ひければ、やう〳〵とほくなり行くほどに、ひとむらの霧のたえまより松の木末はるかに見えければ、

すみよしのまつの木末のいかなればとほざかるにも袖の露けき 40

とうちながめければ、ひめぎみことかきならしてかくなん、

　ことのねをたづねてかよへすみよしのきしのひめ松(まつ)われもこひしき　41

と思(おも)ひつゞけられける。

かくしつゝ、河(かは)じりをすぐればあそびもの共(ども)あまたふねにつきて、

　こゝろからうきたる船(ふね)にのりそめてひとひも波(なみ)にぬれぬ日(ひ)ぞなき　42

などうたひて、よどまでぞつきにける。

○ゐなか人のむすめ―姫君の素性を隠しての上京。これは三の君への配慮というより、継母に知られないこと、そして父中納言(ちゅうなごん)との劇的対面（継子譚的展開）を構想してのことか。以下しばしばこのことが繰り返される。

○いづみなる所あづけられければ―男君（関白殿）所有の和泉国の荘園。尼君の将来の生活保障のために尼君に預けた。

○ひとむらの霧のたえまより―『風葉和歌集』五八八番の詞書には「すみのえに侍りけるを関白にいざなはれて都にのぼりけるに霧のたえまより松の木すゑはるかにみえければ　すみよしの関白北方　はかなくてわがすみなれし住のえの松の梢のかくれぬる哉」とある。

○すみよしの―『風葉集』所収の姫君の歌に対する侍従の歌。「はかなくもわがすみなれし

すみのえのまつのこずゑやとほざかるらん」（御所本）、「はかなくもわがすみなれしすみのえのまつのこずゑのかくれゆくかな」（真銅本）。「松の梢」は歌語。
○ことのねを―ここで唐突に琴を弾くのはやや無理があるが、姫君と琴の結びつきを強調しているのであろう。「人ならばいかにいはましすみよしのきしの姫まつなれしなごりを」（御所本）。
○あそびもの共―当時の淀川べりには遊女が多かった。
○こゝろから―「をとこのけしきやうやうつらげに見えければ　小町　心からうきたる舟にのりそめてひと日も浪にぬれぬ日ぞなき」（『後撰集』七八〇番）と同歌。「うき」に「浮き」と「憂き」、「浪にぬれぬ」に「涙にぬれぬ」を掛ける。この小町歌が『新撰朗詠集』で「遊女」に分類されていることは、『住吉物語』との関わりにおいていささか注意を要する。「心から浮べる船を恨みつつ身を宇治川に日をも経しかな」（『とりかへばや』巻三）。

✲いよいよ中将は姫君を連れて帰京する。住吉の尼君はもはや役割を終えたということで同行しない。そのかわり中将から和泉国の荘園を与えられる。これで老後の生活は安泰であった。もちろん乳母の論理としては、そういった褒美を得るために姫君を援助したのではなく、ひたすら姫君の幸せを願ってのことであった。

◆四七　帰京

さて、京都に到着して中将が父の邸へ参上なさると、妙な行動については不機嫌であったものの、北の方を設けて姫君をお住ませになった。継母はこのことを聞いて、「中将様は卑しい田舎娘を盗んで連れていらっしゃった。もったいないこと」などと、むくつけ女と言いあって妬んでいた。

父の中納言は歳月が経つに従って娘恋しい思いばかりが募って、「もう一度もとのままの姿で姫君と会いたいと思うのに、会えないのは無情なことよ。そのことばかりを思って毎日過ごしているのに」などお思いになっているうちに、実際の年齢よりもたいそう老い衰えてお見えになる。継母はこの姿を見て、「姫君は先月のことでしょうか、東山の方にいやしい法師と一緒にいらっしゃったそうです。これは確かに人が報告してきたことです」と申し上げると、「どんなひどいことでも、この姫君のことならなんとも思わない。どうであっても、せめて無事に暮らしていらっしゃるのなら嬉しいことです。一体誰が告げたのですか。姫君をみんなで捜しに行って、もう一度会うことができたら、死出の山路も安らかに越えることができるでしょう。嬉しいことをおっしゃいましたね」とおっしゃると、継母は「誰が告げたのか忘れてしまいました」などというと、中納言は『不愉快だ』と思って、「南無阿弥陀仏南無阿弥陀仏」と申したのだった。

❖さて、京へのぼりつきて、殿へまゐり給へば、あやしきありきむつかりながら、北の方をしつらひて住ませ給ひける。

継母是を聞きて、「ちうじやうどのはあやしきゐなか人のむすめをこそぬすみ給ふなれ。あたら人の」など、むくつけ女に云ひあはせてそねみゐたりける。

中納言は、月日のかさなるまゝに思ひのみまさりて、「今一度もとのすがたにてあひ見んと思ふ心のつれなさよ。かくてのみあかしくらすに」などおぼす程に、としの程よりもことのほかに老いおとろへて見え給ひけり。まゝはゝ是をみて、「ひめ君はたちぬる月とかや、東山にあやしの法師にぐしてこそおはしけれ。たしかに人のつげて侍りしなり」ときこゆれば、「いみじき事も此のひめぎみばかりはおぼへず。いかにしても、たいらかにてだにもあらば、うれしき事にこそ。たれ人のいひけるにか、尋ねあひていきたるをり、今一度みて、しでの山路をもやすくこえん。うれしくのたまひたり」との給ひければ、「誰がいひしとも思ひわすれて」などいへば、中納言『心づきなし』と思ひて、「なむあみだ仏〳〵」とぞ申しける。

○あたら人の――「あたら」は形容詞「あたらし」の語幹で独立性が強い。もっとも、この場合は「むくつけ女」などと同じく連体詞的用法として「あたら人」を一語とみなすこともできる。これは中将のことを指す。「あたら人の」と言いさした形は継母の口ぐせか。「あたらもの」(『落窪物語』巻一)、「故少弐の孫はかたはになむあんなる。あたら物を」(『源氏物語』玉鬘巻)。

○あやしの法師――形容詞「あやし」の語幹に格助詞「の」が結びついてできた語。「心よせのしきぶ」などと同じ語構成。入内妨害工作(じゅだいぼうがいこうさく)にかつぎだされた「あやしき法師」を連想させる。

○しでの山路—三途の川が渡るもの（水平思考）であるのに対してこれは越えるもの（垂直思考）。「しでの山三つの川をも心やすくこえんとするに」（契沖本）、「心やすく黄泉ゆかむ」（陽明本）。

✿京へ戻った中将は、早速父の関白へ報告する。もちろん関白の機嫌はよくないのだが、無事に息子が戻ったことで、姫君のことも受け入れてくれた。

一方、継母にとっては、かつて三の君の夫だった中将が、田舎娘を寵愛しているというのは聞き捨てならないことであった。

ところで『住吉物語』と『落窪物語』の違いの一つとして、父の姫君に対する愛情の差があげられる。『落窪物語』の父は姫君に冷淡であったのに対して、『住吉物語』の父は、姫君に対する深い愛情が描かれている。というより、『落窪物語』では継母への報復の一環として父への孝養が描かれているのだが、『住吉物語』では父の愛情がどれほどのものかが執拗(しつよう)に試され、それに合格しなければ父娘対面は叶わないのである。

◆四八　若君誕生

一方姫君は、「こうして過ごしているとだけでも父中納言殿に申し上げたいものです」とおっしゃると、中将は「継母は恐ろしい人なので、私と心を合せてのことだと思って神仏に呪いをおかけになったら、誰のためにも恐ろしいことです。あのまま住吉にいらっしゃれば、父上に会うこともないままだったでしょう。父とはいずれきっとお会い申し上げなさるでしょうから、今は心おだやかに思ってお待ちなさい」とおっしゃると、姫君は「父上がお嘆きになっていらっしゃることが悲しくて、京に住んでいる甲斐もございません」とおっしゃると、「なるほどそれは道理ですが、今はただ私の申す通りにしてください」といって、二条京極というところに引っ越しなさった。

そこで過ごしているうちに、姫君は昨年の十月から懐妊の御兆候があって、この年の七月にたいそうかわいらしい若君がお生まれになった。中将が大切に養育されることこの上ない。

❖さて、ひめ君は、「かくて侍るとだに中なごん殿に中さばや」との給へば、中将、「ま丶は丶、むくつけき人なれば、心あひたりとて神仏にものろひ給はんには、たがためもおそろしき事也。住吉におはせば、さてこそやみなましか。是はつひにあひ聞え給はんずれば、こ丶ろやすくおぼしめせ」との給へば、ひめ君、「おぼしなげくらん事のかなしくて、世にすむかひなくて」との給へば、「誠、ことわりながらも、只中さんま丶にておはしませ」とて、二条京極なる所にわたり給ひけり。

あかしくらしたまふ程に、ひめ君、過ぎにし年の十月より御けしきありて、又のとしの七月にいとうつくしきわか君いでき給へり。ちうじやうおぼしかしづき給ふことかぎりなし。

○中なごん殿に申さばや―姫君の気持ちは当然だが、そうなると三の君を悲しませることになるであろう。しかし、いかにしようとも継子譚の展開としては、三の君を悲しませざるをえまい。

○むくつけき人―ここでは継母を「むくつけ女」と同じ悪玉としている。「世に心ふかき人」(住吉本)、「心おそろしき人」(御所本)。

○心あひたり―中将と姫君とが初めから心を合わせて失踪・邂逅・結婚の筋書きを仕組んだと思われれば、三の君が見捨てられたことを恨んで呪いをかけられることを恐れた。

○神仏にものろひ給はんには―真銅本などでは、巻末近くで継母の生霊が跳梁している。

○二条京極なる所―二条大路と東京極大路との交叉点附近。大江朝綱の梅壺第や藤原兼家の法興院は二条大路の南北京極大路の東にあった。帰京後間もなくして建築にかかり、新居が完成したのである。「ここにはしばしは住まじ。二条殿に住まむ」(『落窪物語』巻二)。

○十月より御けしきありて―つわりなどの妊娠の兆候。「ただならずおはして」(成田本)。

○七月―昨年の十月から数えてちょうど十か月だが、昨年の十月につわりがあったとすれば、その時既に妊娠二、三か月であるから、やや遅い出産となる。

✲京に戻り、中将と幸せな生活をしている姫君は、せめて父に自身の無事だけは知らせたいと願う。それに対して中将は、そのことが継母に知られることを過剰なまでに恐れている。そのためもうしばらく辛抱（しんぼう）してほしいと姫君をなだめている。物語の展開には案外時間がかかるようである。

そうこうするうちに、姫君は懐妊し、翌年七月に若君を出産している。男の子は家の跡継ぎとして重要だが、しかし若君の誕生だけでは父娘の再会には至らないようである。

「すみよし物語」(宝暦9年版)、国立公文書館蔵

◆四九　除目の後

　こうして、月日が過ぎて行くうちに、中将は願ってもいないのに中納言に昇進なさり、そのまま右大将を兼任なさった。父の中納言は大納言に昇進して、按察使を兼ねなさった。二人とも内裏へ参内なさり、世間話のついでに、中納言が「老い衰えてお見えになりますね」というと、大納言は涙を流して「本当に、私が思っていることの深さを、これによってお察しください。思いどおりにならないものは命ですね。長生きしてございます」といって人目も気にせずお泣きになった。大将は『このついでに姫君のことを告げてしまおうか』と思いながら、それでも思いなおすものなんとはなしに涙が漏れ出てきた。

　さて、大将はお帰りになるとすぐ、「このようなことがあった」とお話しになると、姫君も侍従も、「『親が思うほど子は親のことを思わぬものだ」と常々仰せになっていらっしゃったことがその通りになってしまいました。これほど多くの年月を過ごしながら、「私はこうしております」とも申し上げないでお思い嘆かせてしまったこと。どれほど神仏も私を憎いとお思いでしょうか。ああ、女の身ほど恨めしいものはありません」といって、非常に辛そうにおっしゃるので、大将は「本当にその通りです。幼い子も生まれたので、私もどんなにか大納言を父として接して差し上げたいとは思いますが、この幼い子供のことが心配です。そうはいっても打ち明ける日はそう遠くはありません。もう少し私にお任せください」などと姫君をなだめなさるのだった。

❖かうしつゝ、すぎゆくほどに、ちうじやうはねがはざるに中納言になり給ひて、やがて右大しやうに成りたまひけり。ちうなごんは大納言になりて、あぜちかけ給へり。ともに内へ参りあひて、物語のついでに、「老いおとろへてこそ見えさせ給へ」とあれば、大なごん先うちなきて、「誠、思ふ事の深さをば、これにて知らせ給へ。心にかなはぬ物は命にてか。ながくもいきてさぶらふ」とて、人目もつゝみたまはざりけり。大しやう、『此のついでにや云ひ出まし』と思ひながら、なほ思ひ返してそゞろに涙ぞもれ出ける。

さて、帰り給ふまゝに、「かく」などかたり給へば、ひめ君も侍従も、「親ばかり子は思はぬ物ぞとつねは仰せられしことのすゑ哉。かやうにおほくの年月をすごしながら、「かく」とも聞え奉らでおぼしなげかせ給ひつる。いかばかり神仏もにくしとおぼすらん。あはれ、女の身ばかりうらめしきものは」とて、よにつらげにの給へば、大しやう、「誠に理なり。をさなき者もいできたれば、我もいかばかりかは見奉らまほしけれ共、此のをさなき人迄もおそろしさこそ。さりながらしらせ侍るべき事もちかくなりたり。しばしまかせ給へ」などこしらへ給ひけり。

○右大しやう―中納言で近衛大将を兼ねたのは、安和二年（九六九）に三位中将から参議を経ずに中納言に昇り、翌三年右大将となった藤原兼家が初例とされる。父親の庇護のもと、中将は順調に出世している。

○あぜち—長年中納言兼左衛門督であった藤原師氏が按察使を兼ねたのは康保五年（九六八）のこと。その翌安和二年、師氏は権大納言。按察使を兼任したまま安和三年、五十八歳で亡くなっている。按察使大納言は物語に特徴的な官職（桐壺更衣の父、紫の上の祖父、雲居の雁の父など）であり、中世においても『海人の刈藻』・『兵部卿宮物語』・『小夜衣』・『しら露』において女君の父の官職となっている。筆頭大納言とする説もあるが、その場合は大納言昇格と同時であり、やや無理がある。なお落窪の姫君の父親と違って、住吉の姫君の父親は比較的順調に出世しており、それによって出自の高さを予測させるとともに、右大臣方の人間であることが推測される。

○女の身ばかりうらめしきものは—女の身に課せられている仏教の「五障」や儒教の「三従」を念頭においている。

✻関白の子である中将は、物語登場時点から将来を嘱望されていた。ただし中将自身に政治的関心は認められない。ここも「願はざるに」と記されて中納言兼大将に昇進している。すべては摂関家の血筋だからである。

姫君の父中納言も大納言に昇進しているが、年齢的に考えるとこれが最終官職であろう。ここで両家の昇進を記したことで、物語に動きが生じている。それは大将と大納言が宮中で出会い、親しく語り合っているからである。これが父娘対面に向けての布石といえる。

ただし大将は継母の恐ろしさを知ってか、非常に慎重になっている。対面など造作もないことのように思えるが、どうも大将は単に父娘の対面だけを考えているのではなさそうだ。そのため対面が実現するのにこれからまだ数年もかかることになる。

◈五〇　袴着

こうしながら、月日が過ぎて行くうちに、光るように美しい姫君がお生まれになった。望んでいたことなので、大切に育てることこの上ない。

こういった具合に泣いたり笑ったりして日々を過ごすうちに、若君が七歳、姫君が五歳におなりになった。そこで大将は「八月に袴着ということをするついでに、大納言殿にお知らせ申し上げよう」とおっしゃった時に、大将と大納言が内裏に参内なさって、世間話のついでに、「八月十六日に幼い子供たちの袴着を行おうと思っていますが、腰結の役をやっていただけますか」とおっしゃると、大納言は、「謹んでお引き受けいたします。とはいえ、そんなめでたい儀式に私のような縁起の悪い身でいいんですか」などと申し上げると、「いろいろ考えた上でお願いしているのです。是非ともやってください」とおっしゃるので、「なにはともあれ仰せに従いいます」といって、当日には、縁のある上達部や殿上人たちが参上し集まった。大納言もやや日が暮れる時刻に参上なさった。万事理想的で、蔵人司の者たちも参上し集まって、たいそう仰々しいようすであった。

❖かくしつゝ、すぎ行く程に、ひかるほどのひめぎみいでき給ひけり。思ひのまゝなれば、おぼしかしづき給ふことかぎりなし。

かやうになきみわらひみあかしくらす程に、わかぎみ七、ひめぎみ五までに成りたまひけり。「八月、はかまぎといふ事せんついでに、大納言殿にはしらせたてまつらん」と仰せられけるほどに、大しやうも大納言も内に参りあひて、御物語の次に、「八月十六日に、をさなき者共にはかま仕らんと思ひ侍るに、ことさら申さん」とのたまへば、大なごん、「かしこまりて承りぬ。さりながらも、さやうの事にまが〳〵しき身にて」など聞ゆれば、「いかにも思ひはからひて申すなり。かならず」との給へば、「ともかくもおほせにこそ」とて、其の日にも成りて、ゆかりあるかんだちめ・殿上人などまゐりあへり。大なごんもすこし日くるゝ程に参り給へり。萬にあるべかしくて、蔵人づかさのものなどまゐりあひて、いとこと〲しき様也。

○なきみわらひみ―親しみを表す比喩表現。「明かし暮らす」と呼応して時間的経過を示しており、実際に泣いたり笑ったりしているわけではない。「あはれにもをかしくも、泣きみ笑ひみとか言ふらむやうに」（『源氏物語』早蕨巻）、「泣きみ笑ひみとか言ふにもつきせぬ御仲、あはれなり」（『夜の寝覚』巻五）、「なきみわらひみかたりあひたり」（『小夜衣』下）。類似表現として「笑みみ怒りみ」（『万葉集』）・「引きみゆるべみ」（『万葉集』）・「曇りみ晴れみ」（『伊勢物語』）・「降りみ降らずみ」（『後撰集』）・「照りみ曇りみ」（『蜻蛉日記』）などがある。

○ひめぎみ五―五歳はもはや継母に呪い殺されない体力を有する年齢設定。玉鬘も裳着の折に実父と対面している。この場合、若君よりも姫君の方が重要な役割を担っている。ただし「若君・姫君」の順で連記されることが多い。

○はかまぎ―袴着は三歳の例が最も多く、次いで五歳が多い。また七歳の例は『うつほ物語』〈楼の上上〉の犬宮だけで、史実では確認できない。

✽『住吉物語』では、なかなか父娘の再会が描かれない。住吉から戻った後、すぐに再会してもよさそうなのだが、物語はきちんと手順を踏まなければ先に進もうとしない。

前の四八章で若君が誕生したが、若君では父娘対面の駒としては不十分だったらしい。そしてここで姫君誕生が語られている。ここまでかなり弛緩(しかん)していたが、これで駒は揃った。ただし赤ん坊では役割を担えないらしく、その成長が必須なので、もう少し間延びせざるをえない。

そして若君七歳・姫君五歳になった時、ようやく物語は動き始める。それが人生儀礼としての袴着であり、大納言にはその腰結の役が依頼されている。事情のわからない大納言は、まさか自分の孫とは思わず、大将から頼まれたことでその役を引き受ける。さてどうなるのだろうか。

◆五一　老いたる大納言

その時刻になったので、大将は大納言の直衣の袖をひいて、中へ引き入れなさった。母屋の御簾の前に茵を敷いて、そこに座らせ申し上げた。姫君と侍従は近くへ寄って几帳の綻びから覗いて見たところ、どれほど悲しい気持ちになったことだろう。若く盛りでいらっしゃった姿が、今は前とは似ても似つかぬ姿に衰えており、髪は雪のような白髪となり、顔の額には四方の海の波を折りたたんだような皺が寄っていた。目には涙があふれており、光が少なく見えなさった。「まあ嘆かわしい嘆かわしい」と悲しみのあまりにあちこち転げまわりなさるほどだった。

さて、若君・姫君が登場したので、『袴の腰を結ぼう』と思ってちらと顔を見たところ、袖を顔に押し当てて泣き崩れなさった。ややしばらくして、起き上がっておっしゃることには、「お祝いの席に不吉なこと。だからそう申し上げたのでございます。姫君のご様子が、失踪して思い嘆いている私の娘の幼いころにそっくりでいらっしゃったので、娘の昔のことを思い出してしまったのです」といって、「こらえきれませんでした。お許しください」といってむせび泣きなさった。これを聞いて姫君と侍従は声を立ててしまいそうな気持ちにおなりになった。大納言の涙の色は、袿の袂を紅染めにしたように見えるほどだった。大将はこれをご覧になって、涙を留めることができなかった。これを見る人聞く人はすべて、情を解する人もそうでない人も、涙を流さない人はいなかった。

❖時にもなりぬれば、大しやう、大納言のなほしの袖をひかへて、内へ引入れ給ひぬ。もやのみすの前にしとね敷て、すゑ聞えたり。ひめぎみ・侍従ちかくよりて、きちやうのほころびよりのぞけば、いかばかりかなしかりけん。わかくさかりにおはせしすがたの、あらぬさまにおとろへて、かみは雪をいたゞき、ひたひにはしかいのなみをたゝみ、まなこは涙にあらはれて、ひかりすくなく見え給へり。「あなあさまし〳〵」とふしまろび給ひけり。

さて、わか君・ひめぎみ出だして、『はかまのこしゆはん』とてうち見つゝ、そでをかほにおしあてゝうつぶし給へり。やゝ久しく有りて、おきあがりての給ふやう、「いはひの所にはまが〳〵しとは。さればこそ申し候ひし物を。ひめ君の御ありさまの、わがうしなひて思ひなげくむすめのをさなかりしにたがはせ給ふ所なく、そのむかしさへおもひ出て」とて「しのびかねつるになん。ゆるさせ給へ」とてむせび給へり。是をきゝてひめぎみ・じゞう、こゑもたてぬべき心ちぞしたまひける。なみだの色はうちきのたもとにくれなゐぞめの心ちするまでぞなりにける。大しやう是を見給ひて、涙もせきあへず。見と見きゝときく人、心あるも心なきも、なみだながさぬはなかりけり。

○くれなゐぞめ——「血涙」「紅涙」（悲しみの涙）を流すこと。「くれなゐぞめ」は染色法（物）を意味する語であるが、用例はほとんど見出せない。なお「血の涙」（出典は『韓非子』巻四）に関しては、「血の涙おちてぞたぎつ」（『古今集』八三〇番、『大鏡』良房伝）、「翁嫗血の涙を流してまどへどかひなし」（『竹取物語』）、「男、血の涙をながせども、とどむるよしなし」(『伊勢物語』四〇段)、「男も人知れず血の涙を流せど、え逢はず」(『伊勢物語』六九段)、「いみじうなけば、血の涙といふものはあるものになんありける」(『大和物語』一六八段)、「三人の人額をつどへて血の涙を落として出で立ちて」(『うつほ物語』俊蔭巻)、「弁君ひとかたならず、ちの涙をながせど」(『松浦宮物語』巻一)などの用例がある。また「紅の涙」の用例は、「紅に涙うつると聞きしをば」(『後撰集』八一一番)、「藤英、紅の涙を流して」(『うつほ物語』祭の使巻)、「くれなゐの涙にふかき袖の色を」(『源氏物語』少女巻)、「紅の涙ぞいとどうとまるる」(『紫式部集』)などがある。

○なみだながさぬはなかりけり——「感ぜぬ者こそ無かりけれ」などと同じく、語り物に多い常套句。『住吉物語』の諸本には、このような語り口を持つものと持たぬものとがあり、注意を要する。

✻いよいよ姫君の袴着(はかまぎ)が始まった。腰結の役を務める大納言を、御簾の内側から姫君と侍従が熟視(じゅくし)している。その姿はかつてと違って老い衰えていた。それは失踪した姫君のことを心配した結果だった。

ところで何故大将が娘の袴着の腰結役を大納言に頼んだかというと、それは娘が若い頃の姫君にそっくりだったからという設定になっている。つまり孫は娘の分身なのである。その娘（孫）の姿を間近に見たら、きっと大納言は失踪した娘に瓜二つだと思うに違いない。それが狙いというか課題だった。

はたして大納言は大将の娘を見て自分の姫君の幼かった頃を思い出し、こらえ切れずに咽（むせ）び泣いてしまった。もちろんそれを見た大将も姫君も侍従ももらい泣きせずにはいられなかった。しかしこれでも父娘の対面はまだ叶わない。父大納言にはさらに厳しい小袿の謎が課せられているからである。父の娘に対する愛情が本物かどうか、試され続けているのである。これは『落窪物語』にはない『住吉物語』独自の試練であった。

★12　臥しまろぶ

父大納言の老い衰えた姿を見て、姫君と侍従は悲しさのあまりに「臥しまろん」でいる。これは悲しみの誇張表現であり、伏して転（ころ）げまわりながら涙を流す動作のことである。類似した表現に「足ずり」もある。

用例は女性の所作に多いが、平安時代の衣装ではおいそれと転げまわれそうもないので、ある種の比喩（ひゆ）表現（ひょうげん）ともいえる。ここもそれに近いものであろう。

ただし中には親しい人の死を目の当たりにしている例もある。その場合、葬送における蘇生儀礼ととれる例もある。ただしここは誰も亡くなっていないので、悲しみの強調（誇張）表現と見ておきたい。

『源氏物語』には、「宮は臥しまろびたまへどかひなし」（夕霧巻四四三頁）、「乳母、母君は、いとゆゆしくいみじと臥しまろぶ」（蜻蛉巻二二一頁）、「おはせましかばと思ふに、臥しまろびて、泣かる」（蜻蛉巻二四二頁）、「臥しまろびつつ、いといみじげに思ひたまへる」（手習巻三四三頁）の四例があるが、夕霧巻は蘇生儀礼に近いものである。

◆五二　小袿の謎

さて、袴着の儀式が終わったので、人々に引き出物をしかるべく下された。そのうちの大納言殿には、小袿の使い古した柔らかい衣装を差し上げたので、変だと思いながら肩に掛けてお帰りになった。

大納言は帰るとすぐ、継母に向かって、「大将殿は私を親しい者とお思いになってもてなして下さった。かわいらしい若君と姫君だったな。ああ、あれが私の孫たちであったら、どんなにうれしいことだろう。田舎の娘であっても、幸せな人であるな。それはさておき、その姫君は、私のところからいなくなって思い嘆いている姫君の幼かったころによく似ていらしたことよ。ああ、いつもお姿を拝見できたらなあ」とおっしゃると、継母は、「三の君の所へお通いになった人なので、その縁で親しくお思いなのでしょう。ああ、その子供たちを三の君のところで儲けていらっしゃれば、ここのためにも向こうのためにも良かったのに。残念なことです」などというと、むくつけ女は、「関白殿下は下衆腹の子供だといって孫として大切になさらないようです」といった。
大納言殿はいただいた小袿が使い古しだったのを「妙だ」と思って、手に取ってご覧になると、それは対の姫君に着せ始めた時の袿に似ている。「年寄りなので見間違えたか」と思って何度もひっくり返してよくよくご覧になったところ、やっぱり姫君の袿だった。その時胸がどきどきして、「大将はどうしてこれをお持ちになって、私にお与えになったのだろう、どうも妙だ」と思って、雑色をただ一人二人ばかり連れて、大将の邸へいらっしゃって、寝殿の簀子におすわりになった。

❖さて、事共はてぬれば、人々にひき出ものさるべきやうにし給ひける。其の内に大納言どのには、こうちきのなえらかなるをたてまつりたれば、あやしながら肩にかけてかへり給ひぬ。

大納言帰るまゝに、継母にむかひて、「大しやうの我をむつましき物におぼしてもてなし給ふ。うつくしかりつるわか君・ひめぎみかな。あはれ、あれをわが孫どもとおもはゞ、いかにうれしからまし。ゐなか人のむすめなれども、さいはいある人かな。さても其のひめぎみの、わがうしなひて思ひなげくひめぎみのをさなかりしにさも似給へるよ。あはれ、つねに見奉らばや」との給へば、まゝはゝ、「三のきみのもとへおはせし人なれば、そのゆかりとてむつび給ふこそ。あはれ、其のきんだちを三の君の中にまうけ給ひたらば、こゝかしこのためにめやすかりなんものを。あたら人の」などいへば、むくつけ女、「関白殿は、げすばらの子なればとて、もてなしたまはぬ」とぞ云ひける。

大なごんどのは、こうちきのふりたりつるを『あやし』と思ひて、とりよせて見給へば、たいの姫ぎみにきせはじめし時のうちきににたり。『老いのひが目やらん』とて、打かへし〳〵能々見給へば、只それにて有りける。其の時にむねさわぎて、『いかにしてもち給へばか、われにしもえさせ給へるもあやし』とて、たゞ雑色一・二人斗ぐして、大しやうのもとへおはして、しんでんのすのこにゐ給へり。

○こうちき――衣装が父娘再会の機縁になる継子譚として、『法華経直談鈔』巻八の「継母偽之事」がある。なおこの引出物の「小袿」には「袿・打衣」などの本文異同がある。
○なえらか――「なめらか」に同じだが、この語形は珍しい。「なえらか」は必ずしも美的な表現ではない。ここは使い古しの着物という意味である。それは袴着の贈り物としては不適当であった。「なえらかなる布衣つねのさまにかはらず」（『発心集』巻四）。
○たいの姫ぎみ――女君は中納言邸の西の対に住み、継母は彼女を「対の君」とよぶ。ここは大納言であるから「対の姫君」となる。
○うちき――物語では「うちき」と「小うちき」が混同して用いられている。なお何故姫君が幼小の頃のうちきを持っていたのかは不審。成田本では「母の形見」としており、姫君の袴着の日に母が誂えた小袿を着た、それを失踪の時に持って出たというのである。
○老いのひが目――この語は平安朝仮名文学作品にほとんど用例が見当たらない。年とったために見間違えること。「老の僻耳」などと同種の表現。「老おとろへて」見える大納言に相応する。「ひが目しつれば、ふと忘るるに」（『枕草子』）、「僻目にやとて問はるるにこそ」（『とはずがたり』巻四）、「あやし、ひが耳にや」（『源氏物語』若紫巻）、「おいのひがみみにこそは」（『大鏡』）、「ゆめのやうなるひがみみのきこゆるかな」（『松浦宮物語』巻三）。

✿姫君の腰結（こしゆい）という役を大納言が務めた。普通は親類縁者の中で、一番身分や地位が高い人が務める役である。それを大納言に依頼したということからして奇妙だったはずである。その大役を務めた大納言への褒美が「小袿の古りたりつる」ではますます奇妙である。本来だったら真新しい衣装が贈りものとしてふさわしいからである。

持ち帰った大納言はどうも気になるので、与えられた小袿を点検してみた。するとそれは姫君の裳着の折に着せた袿ではないか。そうなると次の疑問は、どうして大将はこの袿を持っていたのか、そしてそれを何故大納言に渡したのかということになる。そこから想像できるのは、小袿の持ち主である姫君の存在である。居ても立ってもいられなくなった大納言は、その真相を知るべく大将のもとへと急ぐ。実はそれこそが小袿に込められた謎掛けであったのだ。

大将でさえ、はるばると住吉まで下向しなければ、姫君と結ばれることはなかったのだから、父親にもそれなりの誠意を見せてもらわなければ、すんなりと親子の対面はかなわないのである。これは大納言が姫君にどれだけ深い愛情を持っているかが試されているのである。もし小袿の謎が解けなければ、姫君と対面することはなかったであろう。大納言が謎をクリアーしたから、つまり姫君への愛情が認められたから、事態は好転するのである。『住吉物語』の課題は案外厳しいといえそうだ。

◆五三　父娘再会

大将は急いでお出になって、「こちらへ」というので、大納言が申されることには、「これから申し上げることは、非常に差し出がましく無礼に聞こえるかもしれませんが、何事につけ親しくしていただいているので、参上しました。お許しください」といって、「昨日いただいた小袿は、いなくなりました娘が幼い時に着せ始めた袿でございましたが、年寄りの見間違えかもしれませんが、どうにも気になったものですから、人目も構わず、急いで参上した次第です」と申されたので、そのことを姫君がお聞きになって、「いまかいまか」とお待ちになっていたことなので、大将が返事をなさる前に、姫君と侍従は急いで大納言の前に出て、涙があふれて何もおっしゃることができないので、大納言はこれを見て、正気を失うほどで、「これはどうしたことだ」と意外なことに驚きなさった。ややしばらくして、心が落ち着いたので、大納言は姫君に背を向けて、侍従に向かってくり返しおっしゃることには、「姫君であれば信頼できない親なのでどのみち無駄だと思いなさって、連絡をなさらなくても仕方のないことです。でも侍従、あなたからは少しは消息があると思っていましたよ。今まで命が長らえて、めぐり会うことができたので、今日はお目にかかることができました。もし命が尽きていたら、来世までもかせとなって、あの世へいく障りとなったことでしょう。私がどんなに老い衰えたか、岩木でなければ御覧ください。ああ、ひどい心の人だ。ただ命長らえたのだけが嬉しいことだ。これまで心配して過ごしかねていた月日がどれくらい積もったこととお思いになりますか。ああ、人の恨みは負うものだなあ」といってお泣きになった。

大将と姫君と侍従は、それぞれ最初からこれまでのことを大納言に繰り返し説明なさって、決して大納言を疎かにしていたわけではないとおっしゃった様子を見るときに、世の中というのは、昔も今もこういった継子苛めから逃れる例はめったにないことなのだと思われた。

❖大しやういそぎ出給ひて、「是へ」とあれば、大納言申されけるは、「申し出るに付けて、よにおこがましくなめげに侍れ共、萬になつかしくおはしませば参りつる也。ゆるさせ給へ」とて「昨日給ひたりしこうちきの、うしなひて候しもの、をさなくてきせそめしうちきにて侍るを、老いのひが目にや侍らん。わが心にかゝるまゝに、人目もしらずはしり参りつる也」と申されければ、この由ひめ君聞き給ひて、「今々」とまちゐたまひければ、大しやうのたまはぬさきに、ひめ君・侍従いそぎ出て、涙にくれて物をだに云ひたまはねば、大納言是を見て、心もきえかへる程になり、「いかに〳〵」とあきれゐたまへり。やゝ久しく有りて、心しづまりて、大なごん、ひめ君をばそむきて、じゞうにむかひ、くどき給ふやう、「ひめ君こそ、あやしの親とてとてもかくてもとおぼしておとづれたまはざらめ。そこをばいかばかりかは思ひ聞えし。今迄命つれなくて、めぐりあひ侍ればこそ、けふはけざんに入る。思ひきえなましかば、後の世までも思ひにて、よみぢのさはりとも成りなましか。わがなれるさま、いは木ならずは見たまへかし。あなゆゝしの人のこゝろや。たゞ命のみこそうれしけれ。あかしくらしがたくてつもりし月日、いくら程までなりぬとか思ひ給ふ。あはれ、人の思ひはおふなる物」とて打なき給へり。

大しやう・ひめ君・侍従、各はじめより終り迄の事どもかきくどきつゝかたり給ひて、おろかならぬよしの給ひける時に、世の有様むかしも今もかゝるためしありがたくぞ覚えける。

○「今々」とまちゐたまひければ―この言葉で小袿の贈物が生む効果について、大将と女君の間に共通の了解ができていたことがわかる。小袿は姫君のものであるから、それを用いるに際して、当然劇的効果を期待したはずである。

○けざんに入る―「けんざん」の撥音表記を省略したもの。「おほかたには参りながら、この御方のけざんにいること難く侍れば」(『源氏物語』蜻蛉巻)、「つきたらむ血よく洗ひて清らかにしてけざむに入べし」(『中将姫絵巻』)。

○よみぢのさはり―「黄泉路の絆」「黄泉路の妨げ」と同義。「今日明日斬らるべき人に、是を見せては、中々よみ路の障とも成ぬべし」(『太平記』巻二)。

✿小袿の謎を解いた大納言が駆け付けると、大将が説明する前に姫君と侍従が大納言の前に飛び出してきた。もはや言葉は不要で、今目の前に大納言がいることによって、すべては納得されているのである。これで父の罪は許されたのだ。

しかし継母の計略を知らない大納言はまだ腑に落ちないので、見当違いのぐちをこぼしている。実はこれによって、大納言が継子苛めに荷担していないことが明確になるとも読める。大納言に思いのたけを言わせた後、今度は姫君側から継母の悪だくみが暴露されている。大納言にとっては寝耳に水かもしれないが、それはそれで父親としては注意が足りなかったといえる。

◆五四　継母離別

　さて、日が暮れたので、大納言はお帰りになって、継母におっしゃることには、「いやもう、対の姫君を捜し出して会いました。おっしゃるように下賤な法師と一緒に東山にいらっしゃいました」といって、「何事も辛いことは長続きしないものです」というと、継母は、「まあ、うれしいことです。どんな風にしていらっしゃったのですか。詳しくおっしゃってくださいい。気がかりなので」というと、「一体どんな人がひどいことを計画したのか、それに耐え切れなくなって住吉までさ迷って行っていたのを、大将殿が参詣の際に捜し求めて邂逅して、長年一緒にいらっしゃったのですが、世の中のおそろしさを警戒して、こうだともおっしゃらなかったのです。かわいらしい若君・姫君だとよそ様のことと見ていたのは、私の本当の孫でありました。あなたは姫君が下賤の法師と一緒にいるというのですか、よくよく聞いてください」といったので、「なんとまあ」といって、口を開けてあっけにとられ、目をぱちくりして、顔を赤くして、言い返す言葉もなくてそわそわしてすわっている。中の君は、「姫君が平穏無事でいらっしゃったことのうれしさよ」といって喜び、「ああ、早くお会いしたいものです」といって、継母のことを親ながらもうとましいものにお思いになった。

大納言はいろいろとくどくどいって、身の回りのものだけを持って、「不愉快な北の方と一緒にいるのも辛い」といって、姫君の母宮の三条堀河というところの邸に御移りになった。大将はこのことをお聞きになって、「いくら何でも、そこにいらっしゃってはいけません。ただ元の通りにいらっしゃるべきです」とおっしゃったけれども、大納言が申されたことには、「ひどい状態でとほうに暮れてさ迷っていた姫君をお救い下さり対面させていただいた恩は、この世ならざるものです。しかしながら北の方のことはどのように思わともいやだとは思いません。たとえ首を召されようれてもやめることはできません」と申し上げなさった。姫君も心をこめてお引止め申しなさったが、お聞き入れにならず御移りになったので、三条へさまざまの品物を献上なさって、お付きの人々も参上なさった。「それにしても一人でいらっしゃるべきではない、気の毒だ」といって、大将の叔母で対の御方と申す人を後妻として三条にお住ませになった。

❖さて、日暮れぬれば、大納言帰り給ひて、継母にの給ふやう、「いでや、たいの君に尋ねあひて侍りつる。誠にあやしの法師にぐして東山におはしける」とて「たゞうきはながらふべくもなし」とて、まゝは、「あなうれしやな。いかやうにておはしつるぞ。こまかにの給へ。おぼつかなき」といへば、「いかなる人のうとましき事をたばかりにけるにか、思ひあまりて住吉までまよひ行きたりけるを、大しやうどのの物まゐりのついでにもとめあひて、年比ぐしておはしましけれ共、世の中のむくつけさにはゞかりて、かくともの給はざりけるぞや。うつくしきわか君・ひめぎみとよそにみしも、まろが孫にて侍りけるをや。あやしの法師にぐしてありしにや、よく〳〵きゝ給へ」とありければ、「さて〳〵」とて、口うちあけてあきれ、目しばたゝきて、かほあかくなして、云ひやるかたもなくてそぞろきゐたり。中のきみ、「たいらかにておはしましける事のうれしさよ」とてよろこび、「あはれ、とく見奉らばや」とて、おやながらもうとましくぞおぼされける。

　大納言、萬くどきたてゝ、身にそふべき物のぐばかりぐして、「心うき世にはまじろひも物うし」とて、ひめ君のは、宮の家の三条ほり河なる所へぞわたり給ひける。大しやう、此の由を聞き給ひて、「いかに、さぶらふまじき事也。たゞ本のやうにておはしますべき」よしの給へば、大納言申されけるは、「あさましくまどひありきけん物を、とりおき給ひて見せ給へば、此のよならず、くびをめす共いなみ共思ふべきにあらず。さりながら、是はいかに思ふともかなふまじき」よし申し給ふ。ひめ君も、まめやかにとゞめ申し給へども、聞き入れ給はでわたり給ひければ、三条へ様々の物ども奉り給ひて、人々も参りあへり。「さてもひとりおはすべきにあらず、いたはし」とて、大しやうのおばにたいの御方と

申す人をぞ住ませ給ひける。

○うきはながらふべくもなし—浮世に長らえるものではないという意の諺か。あるいはつらいことは長続きしないという意か。「たゞうきものはよにぞ侍」（徳川本）、「まことにいのちはながくあるべき物なり」（横山本）、「たゞうき世にはながらふべき物こそ」（御所本）。

○目しばたゝきて—驚きのあまり狼狽した様子。「顔を赤くなして、目をしばたゝきて、歯をま白にくひ出して、目より血の涙をながして、まことにあさましき顔つきして」（『宇治拾遺物語』巻一〇—六）。

○そぞろき—古くは「すずろく」。「この男、いたくすずろきて」（『源氏物語』帚木巻）。中世以降「そぞろく」。「高綱いささかもそぞろかず、座席に直りかしこまり」（『源平盛衰記』巻三四）。

○くびをめす—非貴族的な発言。こうした表現（改作）には中世の武家社会的時代相が窺われる。「首を召されん事こそ深き御恩たるべし」（『曽我物語』巻二）。

○たいの御方—関白の妹で、関白邸の、たとえば西の対に住んでいた人かと思われる。未亡人であろう。これも継母に対する報復の一種と読める。「たいの御かたときこゆる人をあはせたてまつりて、むかしよりよきさまにてぞおはしける」（成田本）。

✲遂に継母の計略が大納言の知るところとなってしまった。『落窪物語』の父親は継母の言いなりだったが、『住吉物語』の父親は継母がなんと言おうと姫君を信じていた。だからこそ姫君の衣装だということがわかったのである。おそらく『落窪物語』の父親だったらわからなかったに違いない。

すべてを聞かされた大納言は、継母に捨て台詞（ぜりふ）を残して潔く（いさぎよ）家を出る。これは継母と離婚したということである。そして住んだところが、姫君の母宮の邸であった。『落窪物語』では物語の途中で父親が改修して引っ越そうとしていたが、ここでは結婚する姫君のために用意されていたのをそのまま大納言の住まいとして活用されている。

独り身では不自由だろうと、大将の叔母と娶わせているが、考えようによっては、これこそ継母への報復ではないだろうか。『落窪物語』では最終的に姫君が継母の面倒を見ているが、『住吉物語』では絶縁（ぜつえん）することによって、継子苛めの報復が行われていると見ることもできそうだ。

◆五五　後日譚

かつて、対に住んでいた女房達は、全員大将のもとに参上して、いろいろと昔のことなどを語りあって、泣いたり笑ったりして日々を過ごした。その中でも心寄せの式部は特別な者とお思いになった。

父関白殿以下の人々は皆、姫君を田舎の娘と知らされていらっしゃったけれども、「実は按察使大納言の宮腹の姫君でいらっしゃったのだ」とお聞きになって、『特別にそのようにしていたのでしょう』といって喜びあっていらっしゃる。この事件のことを聞いて兵衛佐は中の君と離婚してしまった。それにつけても中の君は、自分の親であるものの継母をうとましく思うのだった。「こんなことだから、夫が離れて行くのも当然なのだ」といって、中の君・三の君は二人一緒に声をあげて泣いていらっしゃった。

姫君はこのことをお聞きになって、『なかよくしていた人なので』といって、二人をお引き取り申して、過ぎ去った昔の不思議なことなどを語らいあってお暮らしになった。大将はそれを『いいことだ』と思って、二人を大切に扱いなさった。

❖其の昔たいにすみける人々、さながら大しやうのもとに参りて、萬過ぎにし方の事共語り出て、なきみわらひみ明かしくらしける。其の中にも、心よせのしきぶは又なきものにぞおぼしける。

関白殿より始めて萬の人々、ゐなかの人のむすめと知り給ひつる程に、「はや、あぜちの大納言殿の宮腹の御むすめにておはします」とききたまひて、『わざともかゝるやうにこそ侍るべけれ』とてよろこびあひたまへり。此の事をききて、兵衛の助、中の君ともかれ〴〵に成りにけり。さるまゝに、中のきみも親ながらうとましくぞ思ひける。「されば人のとほざかるもことわり也」とて、ふたりながらねをのみぞなき給ひける。

ひめぎみ此のよしをきゝ給ひて、『むつましかりし人なれば』とて、むかへ奉りて、すぎにしかたの世のふしぎなる事共かたらひあかしくらし給ひけり。大しやう『よき事』とて、大事の事にぞ思ひ給ひける。

○兵衛の助―最初に登場した時点から全く出世していない。端役として呼称が統一されているのか。なお兵衛佐が中の君と離別した理由は、必ずしも明確とはいえない。ここに中の君の離別が描かれることで、三の君の不幸が意識的に隠蔽されているようである。

○ふたりながら―中の君と三の君。中の君の夫が離反することにより、二人は似たような境遇となる。

○むかへ奉りて―姉妹は引き取られ、継母だけはひとり取り残される。直接手を下すことなく継母に復讐する男君のやり方は、『落窪物語』とは明らかに違っている。ただし三の君に対する大将の心理は描かれない。中の君はともかく、三の君は大将のかつての妻であったのだから、大将の邸に同居するのは精神的にかなり重荷ではないだろうか。また大将にしても、どのように三の君に対処するつもりであろうか。こういった精神面に関しては、継子苛め譚の原則として、目をつぶるものらしい。

✻ここには後日譚が記されている。姫君の味方をした人、特に継母側の女房であるにもかかわらず姫君の味方をした心寄せの式部は、大変感謝されている。

また中の君の夫である兵衛の佐も、この顚末を知って通ってこなくなった。そこで姫君は中の君と三の君を引き取って面倒を見ている。これは一見喜ばしい美談だが、かつて夫だった大将を姫君の夫として見るのは、三の君としては耐え難いのではないだろうか。

肝心の継母は、夫の大納言に去られ、また二人の娘に疎まれ、さらに二人が姫君に引き取られたのだから、完全に孤立してしまったことになる。もともとは我が娘の幸せを願っての継子苛めだったはずだが、それが最終的に娘たちを不幸にしてしまい、自らも不幸になった。

◆五六　大団円

歳月が過ぎるうちに、大将殿には父が関白職をお譲りなさった。これでますます将来の繁栄は疑いないものになられた。若君は元服させなさって、三位中将と申していた。姫君は十八歳で入内され女御におなりになった。侍従は年配の女房となって、万事につけて頼もしい人に思われ、内侍になった。それを見聞く人は皆うらやましく思っている。大将も姫君も末なが く栄えて、喜ばしいことでいらっしゃった。

さて、継母はというと、このことを見聞きした人々は心ある人もそうでない人も皆疎んじたので、可哀そうなことに、あばら屋で泣いて過ごすよりほかはなかった。歳月が過ぎるままに衰えて、遂に亡くなってしまった。むくつけ女はひどい状態で、あてもなくさまよったそうだ。人を思い悩ませ、後ろめたいことをした報いなので、娘たちのため自身のために辛いことばかりで、年月を送ることになったのは嘆かわしいことである。
情けのない人は栄えるときがわずかで、情けのある人はずっと先まで栄えるものでございます。これを見聞きするだろう人々は必ずいい人にならなければならないということだ。

❖年月行く程に、大しやう殿には父関白ゆづりたまひぬ。いよ〳〵すゑの世たのもしくぞ侍りける。わかぎみはげんぷくせさせ給ひて、三位の中将とぞ申しける。ひめ君は、十八にて女御にまゐり給ひける。侍従はおとな女にて、萬に大事の人にぞおもはれて、内侍に成りぬ。見きく人うらやみあへり。大しやう・ひめぎみ、末迄はんじやうして目出度ぞおはしける。

さて、まゝは、見ときく人々、心あるもなきもうとみはてければ、あはれに、やぶれたる家にあかしくらして、なくよりほかのことはなし。年月ふるまゝにおとろへて、つひにはかなくなりにけり。むくつけ女、あさましき有様にてまどひありけるとかや。

人に物を思はせ、うしろめたかりしむくいなれば、むすめたちのため我ため心うきのみにて、年月おくりぬるこそあさましけれ。なさけなきものはさかえみじかく、なさけある人ははるゞとさかえ侍り。是を見きかん人々は、かまひて人よかりぬべきなりとぞ。

○父関白ゆづりたまひぬ―史実で、父が生前に関白（または摂政）職を子息に譲ったのは、正暦元年（九九〇）五月、藤原兼家（六二）から道隆（三八）へ、寛仁元年（一〇一七）三月、藤原道長（五二）から頼通（二六）への例がある。これが男主人公の最終官職。『風葉集』の「住吉関白」はこれに由来する。

○三位の中将―「しいのせうしやうどの」（資料館本）。若君は姫君が女御となった年、二十歳で三位中将になったと考えれば、道隆が関白となった永祚二年（九九〇）、長男道頼も二十歳で三位中将。その弟伊周は翌年、十八で三位中将になっている。

○おとな女―老女のことで、女御に仕へて百般の事などをとりまかなう役。女房たちを統括する主任格の女房である。「あこきはおとなになりて衛門と言ふ」（『落窪物語』巻二）、「侍従はおとなに成りて、侍従の内侍とぞ、世の人に聞きしのばれける」（成田本）。

○内侍─姫君に忠節を尽くした侍従が栄達することも、継子譚としては当然のなりゆきである。ただし『落窪物語』のあこきと違って、侍従は結婚していない。「むかしはあこき今は内侍のすけなるべし」（『落窪物語』巻四）、「女は内侍のすけ、内侍」（『枕草子』）、「小侍従は内侍に成ぬ」（『小夜衣』下）。

✿継子譚としての『住吉物語』は、お定まりの大団円（だいだんえん）を迎えることになる。男主人公は関白に就任して栄華を獲得している。男主人公が関白になることは、『風葉集』に「住吉の関白」「住吉関白北方」とあることと符合する。さらに若君は三位中将となり、順調に昇進している。姫君は女御として入内し、いずれ皇子を出産することであろう。侍従は姫君の入内に従って宮中に出仕したのか、掌侍（ないしのじょう）に就任している。

　その反対に継母側の末路もしっかり書かれている。周囲の人々に疎まれ、むくつけ女と二人で破屋（はおく）住まいを余儀なくされ、遂にさびしく亡くなってしまう。それを報いとしている。最後に残されたむくつけ女の最期も推して知るべしであろう。物語は継子苛めを通して、情けある人と情けのない人とに分けられ、それが栄華の有無に結びついていく。だから『住吉物語』を読んだ人は、情けある人にならなければならないと訴えている（教訓）。

現存『住吉物語』の諸本は、結末において大きな揺れが見られる。それを大きく分けると、A長谷観音の霊験を讃えるもの（成田本、京都博物館本、臼田本、白峰寺本、住吉本、晶州本、筑波大本、千種本系、正慶本、真銅本など）とB道徳的教訓を説いて結ぶもの（徳川本、契沖本、藤井本など）とに大別できる。物語の末尾で何を強調するかが、作品全体の基調を大きく左右することになる。

本書の末尾は道徳教訓的結末になっている。参考までに他の諸本をあげておく。

・「いまも、むかしも、中ごろも、はせくわんおんは、しるしあらたにおはします。なさけある人は、ゆくすゑはるぐ〵と栄え、めでたし。心あしきものは、目のまへにかれうするものなり」（成田本）

・「またをさなきひめたちは、はるのはじめ、ものをよみたまはば、まづこのさうしを一ぺんあそばしてのちによみかゝらせ給ふべし。さやうに御たしなみ候はん人々は、さながらみやばらのひめ君のごとく、するはんじやうたがひあるべからず」（資料館本）。

解説

これまでの『住吉物語』の研究に関しては、二つの大きな流れがあった。一つは〈継子譚〉としての研究である。世界的な広がりを有するシンデレラ・ストーリーの中において、日本の『住吉物語』は成立の古さだけでも極めて重要な存在であった。またほぼ同時期に成立した『落窪物語』との比較研究、さらにはそれ以後、特に中世・近世に成立した多くの「住吉系」継子譚との比較があげられる。ただしその場合、『住吉物語』はあくまで比較の材料であり、作品論としての『住吉物語』研究はむしろ少なかった。

二つ目は諸本研究である。『住吉物語』は多くの享受者に時代を越えて読み継がれており、そのために無数の異本群を発生させている。現存写本・版本の総数は優に二百本を超えている。継子譚でありながら、奈良絵本形式のものも少なくない。しかし残念なことに、信頼できる古写本（善本）がなく、従来の研究の大部分は諸本の分類作業（基礎的研究）に終始していた。

依拠（いきょ）すべき善本が不在のために、『住吉物語』は戦後の国文学研究から置き去りにされた感がある。そのことは代表的な叢書類（そうしょるい）（朝日全書・岩波大系・小学館全集・新潮集成）に収録されていないばかりか、頭注付きのテキストですら皆無であったことからもわかる。当然、安価な文庫本にも未収録である。そこで昭和六十一年に、広本と流布本の中間本たる古活字十行本を底本とする頭注本を「住吉の会」（代表吉海）のメンバー四人で刊行（桜楓社）し、ようやく手軽にテキストとして使用できるようになった。その翌年には、同じく「住吉の会」のメンバーたる武山隆昭氏が、有精堂校注叢書から成田本を底本とする頭注本を刊行され、また平成元年には稲賀敬二氏が古活字十行本を底本として、岩波新大系の一書として刊行された。特に新大系は『落窪物語』（藤井貞和氏担当）とペアになっており、両作品の比較研究にとって大変便利な企画となっている。

しかしながら、新大系が底本を古活字十行本としたこともあって、桜楓社版のテキストは好評だったにもかかわらず、再版完売後に絶版となった（有精堂本も絶版）。私自身は、その後も独自に増補訂正を続けてきたが、幸い和泉書院より単独でテキスト本を出していただくことができた。ただ、全く以前のままというわけにもいかないので、底本は古活字十行本に近似した影月堂所蔵本（写本）を使用することにし、注の体裁はかつて翰林書房から刊行した『源氏物語の視角』・『落窪物語の再検討』に合わせて多めに付けた。単なる頭注付テキストとはひと味違うものにしたつもりである。

なお詳細な研究文献目録も付した。

それを見ると平成元年以降、四十本あまりの研究論文が書かれているが、テキストが整備された割には研究はまだまだ沈滞(ちんたい)しているように感じられた。その責任の一端は私自身にもあるかもしれない。そこで現代語訳付の文庫本を刊行することになった。『住吉物語』としては初である。これによって『住吉物語』研究が発展・飛躍(ひやく)することを、また一般の方に『住吉物語』という面白い作品が存在することをぜひ知っていただきたい。そう思って筆をとった。

一　成立・作者

『住吉物語』の原本は早くに散逸して伝わらない。ただし『異本能宣集(よしのぶ)』『大斎院前御集(だいさいいんさきのぎょしゅう)』『祭主輔親卿集(さいしゅすけちかきょうしゅう)』『枕草子』『源氏物語』等に関連記事が見られるので、『住吉物語』原作の成立はそれよりも古いことになる。少なくとも円融(えんゆう)朝（九六九〜九八四年）には成立・流布していたと考えられている（石川徹氏「古本住吉物語の内容に関する臆説」中古文学3・昭和44年3月）。

その後、相当早い時期に、おそらく絵を伴った古本（異本）が作成されたらしいが、残念ながらそれも残っていない（ただし大方のあらましに関しては、古本と改作本の間にそれほど大きな相違はなさそうである)。なお堀部正二氏の御研究(「新資料による住吉物語の一考察」国語国文10―9・昭和15年9月)により、『異本能宣集』の記述から古本では男君の呼称は「侍従」、乳母子の呼称は「右近」であったことが明らかになった。それが時代性を反映してか、男君は「少将」へ、乳母子は「侍従」へと名称変更が行われているのである。「侍従」が男の呼称から女の呼称へと変更している点には注意が必要であろう。

現存する諸本は、全て改作本の流れと考えられているが、その改作時期も未詳であり、従来は漠然と『無名草子』以後『風葉和歌集』以前とする市古貞次氏説(「とりかへばや物語と住吉物語」『中世小説』至文堂)が提示されているくらいであった。ところが最近になって稲賀敬二氏が、男主人公の呼称が「侍従」から「四位少将」へ変更される寛和年間(九八五~九八七年)説を想定された(「《展開・『住吉』から『源氏』へ》延喜・天暦期と『源氏物語』とを結ぶもの」『源氏物語―その文芸的形成―』大学堂書店)。しかしこれも決定的ではない。ただし稲賀説の提示によって、既に『源氏物語』以前に屏風絵享受を伴う広略二系統が存在していた可能性も生じてきた。また三角洋一氏は、「暁の」連歌を『後拾遺集』所収の小一条院歌の転用としておられる。そうなると現存本は少なくとも小一条院詠以後(あるいは『後拾遺集』成立以後)の成立ということになってくる。

おわかりのように、『住吉物語』はこのように複雑な成立と改作を経ているのである。そうなると『住吉物語』の作者としては、原本・古本・改作本・現存本の四様についてそれぞれ論じなければなるまい。基本的にはそのどれもが未詳と言わざるを得ない。作者にしても曽根好忠説（磯部貞子氏）や大中臣能宣説、あるいは大斎院選子及びその周辺（斎院サロン）説（稲賀敬二氏・山口博氏）等が提示されてはいるものの、やはりどれも確証に乏しい。現時点では、作者が男性か女性かさえも決定できないのである。

ただし、大中臣能宣・祭主輔親という親子がなんらかの形で『住吉物語』に関与しているとすると、斎宮女御（徽子）歌の積極的利用（琴のイメージ）を含めて、そこに斎宮サロンの存在が幻視されることになる。また例によって大斎院選子サロンも浮上しているのであるから、定子や彰子といった後宮サロン以上に高度な文化を有する斎宮・斎院サロンの存在が、『住吉物語』の成立や享受に深くかかわっていることだけはここで強調しておきたい。物語中に「嵯峨野」が選ばれているのも、おそらく野宮の存在と無縁ではないと思われるからである。

二　話型の特質

基本的に『住吉物語』は、継母による継子苛め譚として構成されている。継子譚である関係上、実子と継子の幸福比べが主題とならざるをえない。その場合、両者の人物造形はきわめて類型的であり、実子か継子かということ以上に、どちらの血筋が良いかということが重要であった。『住吉物語』においては、継子たる姫君は皇族の血筋であり、宮姫君と呼ばれている。それが主人公（ヒロイン）の必要条件であるわけだが、それのみならず登場時点から美貌・和歌・琴の才能に秀でた女性として設定されている。一方の継母腹の娘は、当然姫君よりも血筋が卑しいわけで、そのことが何よりも優先され、物語展開を決定してしまう。また美貌や性格を超越して、琴の教養が大きな要素となっている。どうも貴族文学では成り上がり者を嫌う傾向にありそうだ。

同系の『落窪物語』に比べると、もともと分量が少ないこともあるが、継子苛めもそれほど過酷ではなく、復讐譚にもさほど筆を費やしてはいない（吉海「落窪物語と住吉物語―両作品の比較を通して継子譚を考える―」『物語の方法』世界思想社）。むしろ婚姻譚としての要素が強く（関敬吾氏「婚姻譚としての住吉物語―物語文学と昔話―」国語と国文学39—10・昭和37年10月)、また貴種流離譚や長谷観音の霊験譚もミックスされている。継母に苛められる継子が、実母の霊の守護を受けつつ、男君との結婚によって救出され、幸福を得るというのが話型の大きな枠組みである。そこに亡母の遺言を見ることもできよう(板垣直樹氏「住吉物語試論—遺言の働きを中心に—」国文学試論9・昭和58年3月)。

中世において、一連の住吉系継子譚が出現していることも非常に興味深い(島津久基氏「ふせやの物語(考説)」『近古小説新纂』大日本図書参照)。その他、乳母の物語としての読みも十分可能である(吉海『平安朝の乳母達』世界思想社参照)。なお継子譚の研究としては、松本隆信(まつもとりゆうしん)氏「住吉物語以後—継子苛め譚の類型に関する一考察—」芸文研究3・昭和29年1月や、三谷邦明(みたにくにあき)氏「平安朝における継母子物語の系譜—古『住吉』から『貝合』まで—」早稲田大学高等学院研究年誌15・昭和46年1月などがある。

今後の研究の展望としては、引歌の博捜(はくそう)とは別に、継子譚としての縦の流れと、軍記・御伽草子(おとぎぞうし)等との横の広がりの二面的考察が望まれる。『住吉物語』が多くの作品に影響を与えているからである。その際、特殊語彙(ごい)・類型表現等が一つの目安になるのではないだろうか(武山隆昭氏「『住吉物語』の中古語彙と中世語彙」平安文学研究71・昭和59年6月等参照)。ただし擬古(ぎこ)物語である以上、意図的に中古語彙を使用することも十分可能なので、語彙の年代設定に際しては細心の注意が必要であろう。

また物語絵や画中詞の研究も、近年注目を浴びている。これは婚姻譚へ変貌したことによって、祝儀物的な性格が表面化したからである。それによって絵巻物や奈良絵本として広く享受されたからであろう（絵入版本も刊行されている）。末尾部分の改作など、おめでたい『文正さうし』に近い読まれ方をしていたことがうかがわれる。それは『源氏物語』や『竹取物語』・『伊勢物語』などとも共通する享受である。

三　テキスト

おびただしい数の現存諸本（形態としては写本・絵巻・奈良絵本・古活字本・絵入版本がある）は、しかしながらすべて鎌倉時代以降（ほとんどは江戸時代）の改作本と考えられている。また藤原定家とのかかわりが希薄なためでもあろうか、信頼できる古写本は全く存しておらず、『風葉和歌集』所収の『住吉物語』歌七首にしても、現存本と大きく相違・乖離しており、『風葉和歌集』成立当時の『住吉物語』にすら遡及できないのが現状である。もちろん『風葉和歌集』が参照した『住吉物語』といっても、それは代表本文ではなく、単に諸本の一本にすぎなかったのかもしれないのだが。

諸本の系統分類に関しては、かつて桑原博史氏の六分類（『中世物語研究』二玄社）、友久武文氏の十八本四分類（「住吉物語の諸伝本について」伝承文学研究20・昭和52年7月）が試みられている。しかし歌の総数（最大一二〇首、最小一七首）による広略分類は、それなりに有効な分類ではあるにしても、やはり便宜的なものであるから、その分類から古本を想定することは困難なようである。当分は代表本文数本の比較対照を行いつつ、研究を進める他はあるまい。

そのため『住吉物語』の研究には、諸本を参照するために横山重氏『住吉物語集本文篇』（大岡山書店）、友久武文氏『広本住吉物語集』（中世文芸叢書）、桑原博史氏『中世物語研究』（二玄社）の三冊は必携の書であろう。

その他、頭注付のテキストとして、板垣他編『住吉物語』（桜楓社）、武山氏編『住吉物語』（有精堂）、稲賀氏編『落窪物語住吉物語』（岩波新大系）、桑原氏編『住吉物語』（笠間書院）、吉海編『住吉物語』（和泉書院）が便利である。また桑原博史氏「雫ににごる　住吉物語」『中世王朝物語全集11』（笠間書院）平成7年10月と三角洋一氏『住吉物語・とりかへばや物語』（小学館新編全集）平成14年3月には現代語訳も付いているので、なにかと参考になる。

なお『住吉物語』に関しては、幸運なことに鎌倉時代の絵巻が部分的に残っており、また伝本の大半が絵を伴っている（絵巻・御伽草子・絵入版本等）ことから、絵からのアプローチも魅力的である（最近ビジュアル面からの文学研究が流行している）。古本の成立にしても屏風絵と深く関わっているし、物語前半部が月次屏風的構成になっていることも分析されている（三谷邦明氏「屏風絵と物語―屏風絵物語と住吉物語について―」平安朝文学研究1―9・昭和38年7月）。その方面に関しては、伊藤学人氏（「静嘉堂本『住吉物語』私考―錯簡復元の一試論―」金沢大学国語国文8・昭和57年3月等）が精力的に研究を行っていることを付け加えておきたい。

また稲賀氏は総歌数の極端な相違（多少）などから、『源氏物語』の梗概書（大鏡・小鏡の類）と同様の現象を想定され、さらに住吉物語歌集の存在にも言及されている。なるほど物語歌集化と絵巻詞書化が、『住吉物語』のダイジェスト版および増補版生成の謎を解く鍵なのかもしれない。今後の研究の進展を望みたい。

四　享受史

『住吉物語』は長い歴史の中で、実に幅広い享受者を獲得してきた作品である。それは現存する諸本群や、影響を及ぼしている作品の多さによって容易に理解できる。しかしながらそれらの資料を駆使しても、『住吉物語』の祖本に遡及することは難しい。なぜならば、『住吉物語』はパターン（基本的骨格）を有してはいても、スタイルに欠けているからである。現存本を見る限り、継子苛め譚であることは動かないけれども、一方では婚姻譚としても十分読めるし、また長谷観音の霊験譚という側面も見逃せない要素である。

おそらくそれは、享受者の求めに応じて随時変容・増補していった結果であろう。スタイルが確立していなかったからこそ、ある時には唱導に利用され、またある時には嫁入り本として長く書写され続けたのである。特に絵入り本として享受された点は、この物語の有する祝儀性(しゅうぎせい)とも無関係ではあるまい。要するに用途のズレが、本文の異同や増減を生ぜしめているのであり、その流動性の中に『住吉物語』固有の文学生命が認められるのである。

現状では流布本も略本も広本も、その一つひとつが紛れもなく『住吉物語』そのものであるといわざるをえまい。むしろ固定化している『落窪物語』や、中世以降の継子物類にしても、『住吉物語』の一異本と見るべきかもしれない。『住吉物語』こそは、長い文学生命を有し、各時代にその影を落とし続けてきた作品なのである（川端康成にも影響を与えている）。

以下、代表的な享受資料を掲げておく。

A『異本能宣集』

328 すみよしのものかたり、ゑにかきたるを、うたなきところ〳〵にあるへしとて、あるところのおほせことにてよめる、しゝうのひめきみもとめに、ならひのいけのいひのつらにゐたるところ

いりにしはそこそとたにもいひつけはたまもわけてもとふへきものを

329 すみよしにいきて、えのはしにおしかゝりて、右近のきみにあひて、たてるところ

これやこのなにはきゝこしすみのえかこのよなからの心ちこそすれ

316 しのひてすみよしにかよふとて、よふけて八月はかり、かみなひのもりのわたりをいくとて（330番歌詞書）

かみなみのもりのしたくさこかくれてよはにかよふと人しるらめや

317 おなしみちに、しかのはきのはなのなかになくを

わかことく人めやはもるなにしかはよなくこひのねをはなくらむ

318 右兵衛のすけもろともに、つのくにゝいきたれは、かみまちむかへて、はまのほとりのゝへにて、せうようするところにて

かりにとてみやこはたれもいてしかといまはかへらん心ちこそせね

かくて、せうようのところより、くらくなるは、いつしかすみよしへいなむとおもふを、つのかみ・兵衛のゐていけは、ししうもえとまらて、心にもあらていくとて

319 したひものとくらむかたをふりすてゝゆくゆふくれのみちそものうき

しゝうのうちにさふらふほとに、八月のあきのいみしくしたれは、すみよしをおもひやる、かしらもいたう山きとほたれて、心ほそしとおもひて、ひめきみのあるところ

320 風ふけはあまのあしやのはふしこそみたれてものはおもひますらし

B『大斎院前御集』

同月廿よ日、住吉の御ゐうせたりときゝて　馬

238 すみよしのみむろの山のうせたらはうき世の中のなくさめもあらし

返し　宰相

239 すみよしのなもかひなくてうきことをみむろの山の思ひこそいれ

C『祭主輔親卿集』

女房なとありて、住吉のひめ君の事なといふに

38たつねけんむかしのことのしらへとはふくまつかせそき丶なされける
かへるほとに

39すみの江の浪たちかへるほともなしなになかゐすとむかしいひけむ

D『枕草子』「物語は」

物語は、住吉。宇津保、殿移り。

E『源氏物語』「螢巻」

住吉の姫君の、さし当りけむをりは、さるものにて、今の世のおぼえもなほ心ことなるに、主計頭が、ほとほとしかりけむなどぞ、かの監(げん)がゆゆしさを思しなずらへたまふ。

F『古本(こほん)説話集』第一

住吉の姫君の物語の障子、そこには立てられたる。

G『今昔物語集』巻十九第十七

寝殿の丑寅の角の戸の間は、人参て女房に会ふ所也。住吉の姫君の物語り書たる障紙立てられたる所也。

H『無名草子』「源氏」

僅かに宇津保・竹取・住吉などばかりを物語とて見けむ心地。

I『風葉和歌集』

　女のもとにつかはしける　　　すみよしの関白

803 世と丶もにけふり絶せぬふしのねのしたの思ひやわか身なるらむ（本書にあり）

　かへし　　按察使大納言三君

804 ふしのねのけふりときけはたのまれすうはの空にや立のほるらん（本書にあり）

　めのとのなくなりたる四十九日のわさし侍るにうちきつかはすとてかきつけける　　すみよしの関白北方

678 から衣しての山路を尋つ丶われはく丶みし袖にかさねよ（本書にあり）

（序）すみよしのこれを入あひの連歌とは小一条院の御歌とかきこゆ。

うきことゝもありて父の大納言のもとをしのひていつとてかきつけゝる
住吉関白北方

1366 我身こそなかれもゆかめ水くきの跡はとゝめんかたみともみよ（本書になし）

関白北方しのひゐていてはへりける舟のうちにてよめる　おなし尼

1341 住よしのあまとなりてはすきしかとかはかり袖をぬらしやはせし（本書にあり）

しのひてすみよしに侍けるころまつかせをききて　住吉関白北方

1340 尋ぬへき人もなきさの住の江にたれまつ風のたえすふくらん（本書にあり）

すみのえに侍けるを、関白にいさなはれて都にのほりけるに、霧のたえまより松の木すゑはるかにみえけれは　すみよしの関白北方

588 はかなくてわかすみなれし住のえの松の梢のかくれぬる哉（かな）（本書になし）

J『源平盛衰記』

彼住吉の姫君、昔誰松風の絶えず吹くらんとて、琴掻き鳴し給ひけるを思出でて、

K『源氏一品経（いっぽんきょう）』

有本朝物語之事、是古今所制也。所謂（いはゆる）、〈中略〉住吉・水浜松（みずのはままつ）。

L『とはずがたり』
「さても残る山の端もなく尋ねかねて、三笠の神のしるべにやと参りて、見しうば玉の夢の面影」など語らるるぞ、住吉少将が心地し侍る。

M『しら露』
主計頭が住よしの君をおかし奉らんとせしやうに、

N『正徹物語』
本歌にとる事草紙には……住吉、正三位。

O『百人一首宗祇抄』
初瀬に恋いのる事は住吉の物語にみえたり。

P『秋月物語』
げにも彼等が計らひにてあるべからず。昔、住吉の姫君のやうに取り違へてぞあるらめ。

Q『姫百合』

三てうの大なこむとのゝ、みやはらのひめみや、おゝいきみを、ふちはらのさ大しんとのゝ御子、しゐのせうしやうとのゝ、心をかけ給ひては、いく日かすをか、過したまひけむ、このひめみや、けいほのおそろしさに、いつちともなくうせ給ぬ。せうしやう、行衛（ゆくえ）をたつねんと、そこともしらすまよひいて、たゝかりそめのくさまくら、むすひさためぬゆめのつけ、すみよしとこそあまはいふなれと、御覧して、夢さめ〳〵とうちなきて、おもひつもりの、うらを尋ね、すみの江といへる所にて、たつねあひ、ともなひて、宮こへかへりたまひしそかし。

R『扇の絵づくし』

よと共にけぶりたえせぬふじのねのしたのおもひやわが身なるらん（第七）

はつしぐれけふふりそむる紅葉ばのいろのふかきをおもひしれとや（第八）

＊ここに掲載（けいさい）したものは、本文中に『住吉物語』の引用であることが明示されてい

るものばかりである。その他に、和歌や表現の一部を物語取りしたものや、構造的な類型等は枚挙に暇がない。

『住吉物語』参考文献目録抄

Ⅰ　本文編

横山重校訂『住吉物語集本文篇』（大岡山書店）昭和18年12月〈成田本・藤井本・横山本・真銅本・京博本・古活字十行本〉
礒部貞子校訂『住吉物語蓬左文庫本成田図書館本』（古典文庫69）昭和28年4月〈徳川本・成田本〉
桑原博史編著『住吉物語集とその研究』（未刊国文資料刊行会）昭和39年10月〈国会本・住吉本・教育大本〉
友久武文編『広本住吉物語集』（中世文芸叢書11）昭和42年6月〈白峰寺本・神宮本・野坂本〉
桑原博史『中世物語研究—住吉物語論考—』（二玄社）昭和42年11月〈国会本・住吉本・教育大本・契沖本・御所本・真銅本〉
礒部貞子『尾州徳川家本住吉物語とその研究』（笠間書院）昭和50年2月〈徳川本〉
武山隆昭「明日香井家本住吉物語翻刻と総索引」『国語学論集1』（笠間書院）昭和53年3月〈明日香井本〉

吉海直人「国文学研究資料館所蔵『住吉物語』の翻刻と研究」国文学研究資料館紀要13・昭和62年3月〈資料館本〉

稲賀敬二校注『落窪物語住吉物語』（岩波新日本古典文学大系18）平成元年5月〈古活字十行本・野坂本・広島大学蔵本〉

小林健二・徳田和夫・菊地仁『真銅本「住吉物語」の研究』（笠間書院）平成8年2月〈真銅本・外山本・季吟本〉

武山隆昭『住吉物語の基礎的研究』（勉誠社）平成9年2月〈成田本系・契沖本系・千種本系〉

II　注釈編

筥崎博道『住吉物語通釈全』（公論社）明治36年7月〈寛永九年版本〉

藤井乙男・有川武彦『註解新訳住吉物語』国文新訳文庫5（博多成象堂）大正10年3月

浅井峯治『住吉物語詳解』（大同館書店）昭和7年7月↓（有精堂出版）昭和63年8月〈群書類従本〉

板垣直樹・菊地仁・小林健二・吉海直人編『住吉物語』（桜楓社）昭和61年1月〈古活字十行本〉

武山隆昭校注『住吉物語』（有精堂校注叢書）昭和62年1月〈成田本・中之島図書館本〉
稲賀敬二校注『落窪物語　住吉物語』（岩波新日本古典文学大系18）平成元年5月
桑原博史校訂・訳注「雫ににごる　住吉物語」『中世王朝物語全集11』（笠間書院）平成7年10月〈甲南女子大学本・小学館蔵絵巻〉現代語訳付
室城秀之『白百合女子大学図書館蔵『住吉物語』本文と注釈』（私家版）平成10年3月〈白百合女子大本〉
吉海直人編著『住吉物語』（和泉書院）平成10年11月〈古活字十行本系〉
三角洋一校注・訳『住吉物語・とりかへばや物語』（小学館新編日本古典文学全集39）平成14年3月　現代語訳付

Ⅲ　研究編

桑原博史『中世物語研究―住吉物語論考―』（二玄社）昭和42年11月
礒部貞子『尾州徳川家本住吉物語とその研究』（笠間書院）昭和50年2月
『平安朝物語Ⅲ』（有精堂出版日本文学研究資料叢書）昭和54年10月
三谷邦明『物語文学の方法Ⅰ』（有精堂出版）平成元年3月

稲賀敬二『源氏物語の研究』（笠間書院）平成5年7月
豊島秀範『物語史研究』（おうふう）平成6年5月
三角洋一『物語の変貌』（若草書房）平成8年2月
小林健二・徳田和夫・菊地仁『真銅本「住吉物語」の研究』（笠間書院）平成8年2月
武山隆昭『住吉物語の基礎的研究』（勉誠社）平成9年2月
大槻修・神野藤昭夫編『中世王朝物語を学ぶ人のために』（世界思想社）平成9年9月
吉海直人『住吉物語の世界』（新典社選書42）平成23年5月

Ⅳ　論文目録編

吉海直人編著『住吉物語』（和泉書院）平成10年11月所収の論文目録に平成9年までの論文が記されている。それ以降の主要な論文は、以下のようなものである。

李信恵「『小夜衣』と『住吉物語』の関連性をめぐって—継子譚を中心に—」日本文藝學36・平成12年3月
三角洋一「住吉物語の魅力」『魅力の御伽草子』（三弥井書店）平成12年3月
辛在仁「『住吉物語』と『夜の寝覚』—設定の類似と新しい主人公像の創造—」比較

文学・文化論集18・平成13年3月
伊藤学人「小学館本『住吉物語絵巻』成立過程の考察」『源氏物語絵巻とその周辺』（新典社）平成13年4月
渡邉桂子「継子譚としてみた『落窪物語』の特質―『住吉物語』・『小夜衣』・『秋月物語』との比較から―」椙山国文学26・平成14年3月
伊藤学人「小学館所蔵『住吉物語絵巻』について」『住吉物語・とりかへばや物語』（小学館新編日本古典文学全集39）平成14年3月
吉海直人「鎌倉時代物語研究の核としての『住吉物語』―『小夜衣』との関わりを例にして―」國學院雑誌103―4・平成14年4月
徳田和夫「紹介　シカゴ美術館蔵『住吉物語絵巻』―〈表紙解説〉に付して―」伝承文学研究52・平成14年4月
吉海直人「『住吉物語』研究の軌跡と展望」解釈と鑑賞68―2・平成15年2月
カロリーナ・ネグリ「継子いじめ物語における恋愛―住吉物語の場合―」「『国際』日本学との邂逅」（第4回国際日本学シンポジウム報告書）・平成15年3月
久下裕利「姿を消した「少将」―本文表現史の視界―」学苑760・平成16年1月
斯波遼子「「みよしの丶姫君」に関する一考察―大斎院サロンと『住吉物語』―」お

茶の水女子大学国文101・平成16年7月

久下裕利「主人公となった「少将」―古本『住吉』の改作は果たして一条朝初期か―」学苑771・平成17年1月

金光桂子「真銅本系統『住吉物語』についての一考察」大阪市立大学大学院文学研究科人文研究56・平成17年3月

吉山裕樹「住吉物語考・その二」比治山大学現代文化学部紀要11・平成16年3月

三木雅博「〈継子いじめ〉の物語と中国文学―『うつほ』忠こそ・落窪・住吉の成立を考えるために―」國文學50―4・平成17年4月

横溝博「『住吉物語』における『源氏物語』摂取について―改作と創作の狭間から―」『物語の生成と受容』（国文学研究資料館）平成18年3月

新間水緒「住吉明神説話について―住吉大社神代記から住吉物語におよぶ―」『説話論集16』（清文堂出版）平成19年7月

坂本信道「『住吉物語』の祖型」『住吉社と文学』（和泉書院）平成20年1月

室城秀之「『住吉物語』に描かれた夢―二人同夢について―」『物語絵の世界』（非売品）平成22年3月

酒井朱夏「スペンサー・コレクション蔵『住吉物語』解題」立教大学大学院日本文学

論叢8・平成20年8月
森正人「源氏物語と住吉の姫君」国語国文学研究44・平成21年2月
服部友香「『住吉物語』と小野小町―引用された小町詠のはたす機能を中心に―」中古文学83・平成21年6月
三角洋一「住吉物語―嵯峨野の野遊びの段の考察―」『平安文学史論考』(武蔵野書院)平成21年12月
吉海直人「実母の遺言―『住吉物語』のモチーフとして―」古代文学研究第二次20・平成23年10月
鹿谷祐子「岩瀬文庫蔵奈良絵本『住吉物語』の位置づけ」名古屋大学国語国文学104・平成23年11月
畑恵里子「「語られる」『住吉物語』と「語られない」『落窪物語』」『〈紫式部〉と王朝文芸の表現史』(森話社)平成24年2月
若杉準治「宮内庁本住吉物語絵巻について」三の丸尚蔵館年報紀要21・平成26年
中西健治「住吉物語についての覚書」平安文学研究衣笠編6・平成27年3月
江口啓子「画中詞の創作と物語の改作―横山本系『住吉物語』絵巻を中心に―」名古屋大学国語国文学111・平成30年11月

◆あとがき◆

継子苛めの代表的な物語ともいえる『住吉物語』は、残念なことに原作も古い写本も残っておらず、現存しているのはすべて後に改作されたものばかりである。『枕草子』や『源氏物語』より前に成立していることは資料的にわかっているのだが、現存しているものは改作本ということで、積極的に中世以降の作品群の一つとして読まれているのが現状である。同様の作品に改作本『夜の寝覚』や『とりかへばや』がある。

そういった作品の事情もあって、研究の現場においてもある種の「継子苛め」を受けていた。近代に刊行された叢書類の中に、『落窪物語』は含まれているにもかかわらず、『住吉物語』は蚊帳の外に置かれ続けてきたからである。それを知ったことで、とりあえず安価なテキスト本でも出すことで、『住吉物語』という作品の普及から始めたいと願うようになった。

それでも膨大な諸本の中から、誰もが納得するような底本を選定することは容易にはできなかった。研究会などでいくつかの諸本を試してみたが、どれも満足できるものではなかった。便宜的に広本と略本の中間的な本である古活字本を使ってみたところ、注釈が順調に進んだ。必ずしも善本ではないかもしれないが、それなりに『住吉物語』のよさを表現できている本だったからである。

そこで今回も古活字本系を底本として使用することにした。ただし注釈書と違って、一般の読者に読んでもらうことを配慮して、判読に問題のある個所は、便宜的に意味が通じるように本文を改訂していることをお断りしておきたい。できるだけわかりやすい本文を提供することで、多くの人に『住吉物語』の面白さを知っていただきたいからである。この点はご了解いただきたい。

私が『住吉物語』に興味を抱いたのは、一つには『落窪物語』と並び称されている『住吉物語』が、『源氏物語』にも影を落としていることを知ったからである。加えて『住吉物語』で活躍している乳母・乳母子の存在が気になったことから、総合的な乳母研究を思いたったので、私にとっては記念碑的な大事な作品となっている。

それだけでなく改作という作品の弱点は、だからこそ多くの人に読まれ続けたことの証であるし、それによって多くの作品との交流を可能にしているのである。そこで特徴的な表現を他作品と比較してみると、確かに『住吉物語』との交流の痕跡が認められるものが少なくない。そういった広がりを有する作品としても活用できるのである。『住吉物語』という作品の存在価値は決して低くないことを確信する。

嬉しいことに、最近の高校古文の教科書に『住吉物語』が採択されるようになってきたようだ。第一学習社の古典Aなど「継母のたばかり」「姫君の失踪（しっそう）」「住吉での再会」と代表的な三場面がとられている。また三省堂の古典Bでは「初瀬の霊夢（れいむ）」がとられている。その他、数研出版や東京書籍にも採択（さいたく）されており、これによって『住吉物語』の知名度がかなりアップしている。高校で一部だけ学んだ『住吉物語』を、本書によって全体を通読してもらえれば、さらに物語の面白さがわかってもらえるに違いない。

ビギナーズ・クラシックス 日本の古典

住吉物語

吉海直人＝編

令和5年 4月25日 初版発行
令和6年 10月25日 再版発行

発行者●山下直久

発行●株式会社KADOKAWA
〒102-8177 東京都千代田区富士見2-13-3
電話 0570-002-301（ナビダイヤル）

角川文庫 23637

印刷所●株式会社KADOKAWA
製本所●株式会社KADOKAWA

表紙画●和田三造

●お問い合わせ
https://www.kadokawa.co.jp/（「お問い合わせ」へお進みください）
※内容によっては、お答えできない場合があります。
※サポートは日本国内のみとさせていただきます。
※Japanese text only

ISBN 978-4-04-400723-2 C0193

◆◇◇

角川文庫発刊に際して

角川源義

第二次世界大戦の敗北は、軍事力の敗北であった以上に、私たちの若い文化力の敗退であった。私たちの文化が戦争に対して如何に無力であり、単なるあだ花に過ぎなかったかを、私たちは身を以て体験し痛感した。西洋近代文化の摂取にとって、明治以後八十年の歳月は決して短かすぎたとは言えない。にもかかわらず、近代文化の伝統を確立し、自由な批判と柔軟な良識に富む文化層として自らを形成することに私たちは失敗して来た。そしてこれは、各層への文化の普及滲透を任務とする出版人の責任でもあった。

一九四五年以来、私たちは再び振出しに戻り、第一歩から踏み出すことを余儀なくされた。これは大きな不幸ではあるが、反面、これまでの混沌・未熟・歪曲の中にあった我が国の文化に秩序と確たる基礎を齎らすためには絶好の機会でもある。角川書店は、このような祖国の文化的危機にあたり、微力をも顧みず再建の礎石たるべき抱負と決意とをもって出発したが、ここに創立以来の念願を果すべく角川文庫を発刊する。これまで刊行されたあらゆる全集叢書文庫類の長所と短所とを検討し、古今東西の不朽の典籍を、良心的編集のもとに、廉価に、そして書架にふさわしい美本として、多くのひとびとに提供しようとする。しかし私たちは徒らに百科全書的な知識のジレッタントを作ることを目的とせず、あくまで祖国の文化に秩序と再建への道を示し、この文庫を角川書店の栄ある事業として、今後永久に継続発展せしめ、学芸と教養との殿堂として大成せんことを期したい。多くの読書子の愛情ある忠言と支持とによって、この希望と抱負とを完遂せしめられんことを願う。

一九四九年五月三日

角川ソフィア文庫ベストセラー

ビギナーズ・クラシックス 日本の古典 三十六歌仙

編／吉海直人

「歌の神」として崇拝されてきた藤原公任撰『三十六人撰』の歌人たち。代表歌の鑑賞、人物像と時代背景、「百人一首」との違い、和歌と歌仙絵の関係など、知っておきたい基礎知識をやさしく解説する入門書。

源氏物語入門 〈桐壺巻〉を読む

吉海直人

『源氏物語』を読み解く鍵は冒頭巻にあった！ 本巻1100字を70章にわけ、原文と鑑賞、現代語訳を掲載。歴史的資料を示しつつ、巧妙な伏線を一言一句のがさず、丁寧に解説。基礎知識も満載。

百人一首の正体

吉海直人

誰もが一度は聞いたことがある「小倉百人一首」。しかし、実はこの作品にはまだまだわかっていないことが多くある。百人一首の「なぜ」を読み解き、今まで知らなかった百人一首の姿を浮き彫りにする！

ビギナーズ・クラシックス 日本の古典 古事記

編／角川書店

天皇家の系譜と王権の由来を記した、我が国最古の歴史書。国生み神話や倭建命の英雄譚ほか著名なシーンが、ふりがな付きの原文と現代語訳で味わえる。図版やコラムも豊富に収録。初心者にも最適な入門書。

ビギナーズ・クラシックス 日本の古典 万葉集

編／角川書店

日本最古の歌集から名歌約一四〇首を厳選。恋の歌、家族や友人を想う歌、死を悼む歌。天皇や宮廷歌人をはじめ、名もなき多くの人々が詠んだ素朴で力強い歌の数々を丁寧に解説。万葉人の喜怒哀楽を味わう。

角川ソフィア文庫ベストセラー

竹取物語（全）
ビギナーズ・クラシックス 日本の古典

編／角川書店

五人の求婚者に難題を出して破滅させ、天皇の求婚にも応じない。月の世界から来た美しいかぐや姫は、じつは悪女だった？ 誰もが読んだことのある日本最古の物語の全貌が、わかりやすく手軽に楽しめる！

蜻蛉日記
ビギナーズ・クラシックス 日本の古典

右大将道綱母
編／角川書店

美貌と和歌の才能に恵まれ、藤原兼家という出世街道まっしぐらな夫をもちながら、蜻蛉のようにはかない自らの身の上を嘆く、二一年間の記録。有名章段を味わいながら、真摯に生きた一女性の真情に迫る。

枕草子
ビギナーズ・クラシックス 日本の古典

清少納言
編／角川書店

一条天皇の中宮定子の後宮を中心とした華やかな宮廷生活の体験を生き生きと綴った王朝文学を代表する珠玉の随筆集から、有名章段をピックアップ。優れた感性と機知に富んだ文章が平易に味わえる一冊。

源氏物語
ビギナーズ・クラシックス 日本の古典

紫式部
編／角川書店

日本古典文学の最高傑作である世界第一級の恋愛大長編『源氏物語』全五四巻が、古文初心者でもまるごとわかる！ 巻毎のあらすじと、名場面はふりがな付きの原文と現代語訳両方で楽しめるダイジェスト版。

今昔物語集
ビギナーズ・クラシックス 日本の古典

編／角川書店

インド・中国から日本各地に至る、広大な世界のあらゆる階層の人々のバラエティーに富んだ日本最大の説話集。特に著名な話を選りすぐり、現実的で躍動感あふれる古文が現代語訳とともに楽しめる！

角川ソフィア文庫ベストセラー

ビギナーズ・クラシックス 日本の古典 平家物語
編／角川書店

一二世紀末、貴族社会から武家社会へと歴史が大転換する中で、運命に翻弄される平家一門の盛衰を、叙事詩的に描いた一大戦記。源平争乱における事件や時間の流れが簡潔に把握できるダイジェスト版。

ビギナーズ・クラシックス 日本の古典 徒然草
吉田兼好
編／角川書店

日本の中世を代表する知の巨人・吉田兼好。その無常観とたゆみない求道精神に貫かれた名随筆集から、兼好の人となりや当時の人々のエピソードが味わえる代表的な章段を選び抜いた最良の徒然草入門。

ビギナーズ・クラシックス 日本の古典 おくのほそ道（全）
松尾芭蕉
編／角川書店

俳聖芭蕉の最も著名な紀行文、奥羽・北陸の旅日記を全文掲載。ふりがな付きの現代語訳と原文で朗読にも最適。コラムや地図・写真も豊富で携帯にも便利。風雅の誠を求める旅と昇華された俳句の世界への招待。

ビギナーズ・クラシックス 日本の古典 古今和歌集
編／中島輝賢

春夏秋冬や恋など、自然や人事を詠んだ歌を中心に編まれた、第一番目の勅撰和歌集。総歌数約一一〇〇首から七〇首を厳選。春といえば桜といった、日本的美意識に多大な影響を与えた平安時代の名歌集を味わう。

ビギナーズ・クラシックス 日本の古典 伊勢物語
編／坂口由美子

雅な和歌とともに語られる「昔男」（在原業平）の一代記。垣間見から始まった初恋、天皇の女御となる女性との恋、白髪の老女との契り——。全一二五段から代表的な短編を選び、注釈やコラムも楽しめる。

角川ソフィア文庫ベストセラー

土佐日記（全）
ビギナーズ・クラシックス 日本の古典
紀貫之
編／西山秀人

平安時代の大歌人紀貫之が、任国土佐から京へと戻る旅を、侍女になりすまし仮名文字で綴った紀行文学の名作。天候不順や海賊、亡くした娘への想いなどが、船旅の一行の姿とともに生き生きとよみがえる！

うつほ物語
ビギナーズ・クラシックス 日本の古典
編／室城秀之

異国の不思議な体験や琴の伝授にかかわる奇瑞などの浪漫的要素と、源氏・藤原氏両家の皇位継承をめぐる対立を絡めながら語られる。スケールが大きく全体像が見えにくかった物語を、初めてわかりやすく説く。

和泉式部日記
ビギナーズ・クラシックス 日本の古典
和泉式部
編／川村裕子

為尊親王の死後、弟の敦道親王から和泉式部へ手紙が届き、新たな恋が始まった。恋多き女、和泉式部が秀逸な歌とともに綴った王朝女流日記の傑作。平安時代の愛の苦悩を通して古典を楽しむ恰好の入門書。

更級日記
ビギナーズ・クラシックス 日本の古典
菅原孝標女
編／川村裕子

平安時代の女性の日記。東国育ちの作者が京へ上り憧れの物語を読みふけった少女時代。結婚、夫との死別、その後の寂しい生活。ついに思いこがれた生活を手にすることのなかった一生をダイジェストで読む。

大鏡
ビギナーズ・クラシックス 日本の古典
編／武田友宏

老爺二人が若侍相手に語る、道長の栄華に至るまでの藤原氏一七六年間の歴史物語。華やかな王朝の裏の権力闘争の実態や、都人たちの興味津津の話題が満載。『枕草子』『源氏物語』への理解も深まる最適な入門書。

角川ソフィア文庫ベストセラー

とりかへばや物語
ビギナーズ・クラシックス 日本の古典
編／鈴木裕子

女性的な息子と男性的な娘をもつ父親が、二人の性を取り替え、娘を女性と結婚させ、息子を女官として女性の東宮に仕えさせた。二人は周到に生活していたが、やがて破綻していく。平安最末期の奇想天外な物語。

梁塵秘抄
ビギナーズ・クラシックス 日本の古典
後白河院
編／植木朝子

平清盛や源頼朝を翻弄する一方、大の歌謡好きだった後白河院が、その面白さを後世に伝えるために編集した歌謡集。代表的な作品を選び、現代語訳して解説を付記。中世の人々を魅了した歌謡を味わう入門書。

西行 魂の旅路
ビギナーズ・クラシックス 日本の古典
編／西澤美仁

平安末期、武士の道と家族を捨て、ただひたすら和歌の道を究めるため出家の道を選んだ西行。その心の軌跡を、伝承歌も含めた和歌の数々から丁寧に読み解く。桜を愛し各地に足跡を残した大歌人の生涯に迫る！

堤中納言物語
ビギナーズ・クラシックス 日本の古典
編／坂口由美子

気味の悪い虫を好む姫君を描く「虫めづる姫君」をはじめ、今ではほとんど残っていない平安末期から鎌倉時代の一〇編を収録した短編集。滑稽な話やしみじみした話を織り交ぜながら人生の一こまを鮮やかに描く。

太平記
ビギナーズ・クラシックス 日本の古典
編／武田友宏

後醍醐天皇即位から室町幕府細川頼之管領就任まで、史上かつてない約五〇年の抗争を描く軍記物語。強烈な個性の新田・足利・楠木らの壮絶な人間ドラマが錯綜する南北朝の歴史をダイジェストでイッキ読み！

角川ソフィア文庫ベストセラー

謡曲・狂言
ビギナーズ・クラシックス 日本の古典
編／網本尚子
変化に富む面白い代表作「高砂」「隅田川」「井筒」「敦盛」「鵺」「末広かり」「千切木」「蟹山伏」を取り上げ、現代語訳で紹介。中世が生んだ伝統芸能を文学として味わい、演劇としての特徴をわかりやすく解説。

近松門左衛門『曾根崎心中』『けいせい反魂香』『国性爺合戦』ほか
ビギナーズ・クラシックス 日本の古典
編／井上勝志
近松が生涯に残した浄瑠璃・歌舞伎約一五〇作から、「出世景清」「曾根崎心中」「国性爺合戦」など五本の名場面を掲載。芝居としての成功を目指し、演じることを前提に作られた傑作をあらすじ付きで味わう！

良寛 旅と人生
ビギナーズ・クラシックス 日本の古典
編／松本市壽
江戸時代末期、貧しくとも心豊かに生きたユニークな禅僧良寛。越後の出雲崎での出生から、島崎にて七四歳で病没するまでの生涯をたどり、残された和歌、漢詩、俳句、書から特に親しまれてきた作品を掲載。

百人一首（全）
ビギナーズ・クラシックス 日本の古典
編／谷　知子
天智天皇、紫式部、西行、藤原定家——。日本文化のスターたちが繰り広げる名歌の競演がスラスラわかる！　歌の技法や文化などのコラムも充実。旧仮名が読めなくても、声に出して朗読できる決定版入門。

宇治拾遺物語
ビギナーズ・クラシックス 日本の古典
編／伊東玉美
「こぶとりじいさん」や「鼻の長い僧の話」など、ユーモラスで、不思議で、面白い鎌倉時代の説話（短編物語）集。総ルビの原文と現代語訳、わかりやすい解説とともに、やさしく楽しめる決定的入門書！

角川ソフィア文庫ベストセラー

ビギナーズ・クラシックス 日本の古典
小林一茶
編／大谷弘至

身近なことを俳句に詠み、人生のつらさや切なさを作品へと昇華させていった一茶。古びることのない俳句の数々を、一茶の人生に沿ってたどりながら、やさしい解説とともにその新しい姿を浮き彫りにする。

ビギナーズ・クラシックス 日本の古典
雨月物語
上田秋成
編／佐藤至子

幽霊、人外の者、そして別の者になってしまった人間が織りなす、身の毛もよだつ怪異小説。現代の文章にはない独特の流麗さをもつ筆致で描かれた珠玉の9篇を、易しい訳と丁寧な解説とともに抜粋して読む。

ビギナーズ・クラシックス 日本の古典
古事談
源顕兼
編／倉本一宏

鎌倉時代初め、源顕兼により編修された『古事談』は、「称徳天皇が道鏡を愛した事」から始まり、貴人の逸話や故実・奇譚まで多彩な説話が満載。70話を厳選し、原文・現代語訳と書下し文に解説を付す決定版！

ビギナーズ・クラシックス 日本の古典
保元物語・平治物語
編／日下力

総ふりがなつきの原文、現代語訳、やさしい解説とコラムですらすらわかる！　鳥羽上皇崩御から、平清盛が覇権を握るまで。貴族の時代から武家の時代への転換を告げる、英雄譚と悲劇をダイジェストで読む。

ビギナーズ・クラシックス 日本の古典
権記
藤原行成
編／倉本一宏

藤原道長や一条天皇の側近として活躍した、能吏が書き記した摂関期の宮廷日記。『行成卿記』ともいわれ、宮廷での政治や儀式、秘事までが細かく書き残されており、貴族たちの知られざる日常生活が分かる。

角川ソフィア文庫ベストセラー

吾妻鏡
ビギナーズ・クラシックス 日本の古典
編／西田友広

鎌倉幕府初代将軍源頼朝から第6代将軍宗尊親王まで。頼朝の天下取りの後、激しい権力争いの中で、次々と将軍の首が挿げ替えられてゆく。血で血を洗う内部抗争の始終を著す長大な歴史書をダイジェストに！

風土記
ビギナーズ・クラシックス 日本の古典
編／橋本雅之

8世紀、地方の特産物や民俗伝承、地名の由来などを記した『古事記』の時代の里山文学」をやさしいダイジェストで読む。「国引き伝説」「目一鬼の伝説」「鏡の渡の伝説」「浦嶼子の伝説」「蘇民将来の伝説」ほか。

論語
ビギナーズ・クラシックス 中国の古典
加地伸行

孔子が残した言葉には、いつの時代にも共通する「人としての生きかた」の基本理念が凝縮され、現代人にも多くの知恵と勇気を与えてくれる。はじめて中国古典にふれる人に最適。中学生から読める論語入門！

老子・荘子
ビギナーズ・クラシックス 中国の古典
野村茂夫

老荘思想は、儒教と並ぶもう一つの中国思想。「上善は水のごとし」「大器晩成」「胡蝶の夢」など、人生を豊かにする親しみやすい言葉と、ユーモアに満ちた寓話を楽しみながら、無為自然に生きる知恵を学ぶ。

韓非子
ビギナーズ・クラシックス 中国の古典
西川靖二

「矛盾」「株を守る」などのエピソードを用いて法家の思想を説いた韓非。冷静ですぐれた政治思想と鋭い人間分析、君主の君主による君主のための支配を理想とする君主論は、現代のリーダーたちにも魅力たっぷり。

角川ソフィア文庫ベストセラー

陶淵明
ビギナーズ・クラシックス 中国の古典

釜谷武志

自然と酒を愛し、日常生活の喜びや苦しみをこまやかに描く一方、「死」に対して揺れ動く自分の心を詠んだ田園詩人。「帰去来辞」や「桃花源記」ほかひとつ一つの詩を丁寧に味わい、詩人の心にふれる。

李白
ビギナーズ・クラシックス 中国の古典

筧久美子

大酒を飲みながら月を愛で、鳥と遊び、自由きままに旅を続けた李白。あけっぴろげで痛快な詩は、音読すれば耳にも心地よく、多くの民衆に愛されてきた。豪快奔放に生きた詩仙・李白の、浪漫の世界に遊ぶ。

杜甫
ビギナーズ・クラシックス 中国の古典

黒川洋一

若くから各地を放浪し、現実社会を見つめ続けた杜甫。日本人に愛され、文学にも大きな影響を与え続けた「詩聖」の詩から、「兵庫行」「石壕吏」などの長編を主にたどり、情熱と繊細さに溢れた真の魅力に迫る。

孫子・三十六計
ビギナーズ・クラシックス 中国の古典

湯浅邦弘

中国最高の兵法書『孫子』と、その要点となる三六通りの戦術をまとめた『三十六計』。語り継がれてきた名言は、ビジネスや対人関係の手引として、実際の社会や人生に役立つこと必至。古典の英知を知る書。

易経
ビギナーズ・クラシックス 中国の古典

三浦國雄

陽と陰の二つの記号で六四通りの配列を作る易は、「主体的に読み解き未来を予測する思索的な道具」として活用されてきた。中国三〇〇〇年の知恵『易経』をコンパクトにまとめ、訳と語釈、占例をつけた決定版。